JN118892

Die Plebejer proben den Aufstand

人民による反乱の試み

——ドイツの悲劇

Ein deutsches Trauerspiel

Günter Grass
ギュンター・グラス

伊藤哲夫 訳
Tetsuo Ito

萌書房

凡例

一、本訳書『人民による反乱の試み――ドイツの悲劇』はGünter Grass, *Die Plebejer proben den Aufstand: Ein deutsches Trauerspiel*, Herman Luchterhand Verlag, 1966の全訳である。

二、原書のイタリック体は、登場人物の仕草や口調あるいは状況を説明する、所謂「ト書き」に当たるが、本訳書では、［　］で括って訳出した。

三、本文中の訳者による補足については、〔　〕で括って説明を加えた。説明が長文に及ぶものについては割注とした。ただし、不自然でないようにセリフに織り込んで説明を加えている場合もある。

四、原文中の「. . .」と「—」は、それぞれ「……」と「――」で表した。

五、原文台詞で» «で括られたものは、強調の意味であるが、丸ゴチック体で表した。

六、原文中で文章の途中で行が変わっている場合は、／で表した。

七、人名を始めとする固有名詞については、ドイツ語での発音より、日本語として耳に馴染んでいると思われる表記を優先した。（例：ヴィーン→ウィーン／ベルリーン→ベルリン）

目次

登場人物一覧

党書記長
エルウィン：舞台演出家
ヴォルムニア：党書記長のパートナー。コリオラヌスの母親と同名。
リットヘンナー：小説家
ポドウラ
ルーフス
フラウス
ブレンヌス
コクトール
ヴァッロ
コワルスキー

コサンケ
理髪師
左官職人
煉瓦職人
塗装職人
ウィーベ
ダマシュケ
石材運搬業者
道路工事の作業員
機械技術者
大工
市街電車の乗務員
溶接工
組み立て工
鉄道員

あらすじ

第一幕

一九五三年六月十七日、東ベルリンのドイツ劇場で、ウィリアム・シェイクスピアの戯曲『コリオレイナス』の翻案のリハーサルが行われていた。これは「党書記長」(ギュンター・グラス自身を彷彿させる)によって指導されている。議論の中心は、第一場面で平民をどのように描写するかという問題である。特に党書記長は、シェイクスピアの版本で平民がメネニウス・アグリッパによって簡単に反乱計画を思いとどまることに不満を持っている。舞台演出家エルウィンは、その不満を次のように要約する。

「たとえ話は、単純で押韻するが故に、国民にとっては、たとえ話的なものも押韻されよう。」しかし党書記長は、劇の初めから民衆を単純だと考えることに不満を持っている。

この会議中に、労働者の代表団が押し寄せ、党書記長に彼らのために書類を作成し、反乱者に発言権を与えることを期待している。しかし党書記長は彼らが何のために戦いたいのか明確ではないため、労働者をかわす。彼らは正当な質問に答えられない。「放送局をすでに占拠したのか？　ゼネラル・ストライキが叫ばれているのか？　西ベルリンに諜報部員がいるのか？東ドイツの人民警察は何をしているのか？　ソ連は共産主義国家としてとどまっているのか？　戦車はいつ来るのか？」

労働者が途方に暮れており、リハーサルがより重要であるため、党書記長は労働者を家に帰そうとする。

第二幕

党書記長は、労働者によってこれまでの反乱の経過を演じさせ、シェイクスピア翻案のリハーサルのためにそれらの場面を使う。「人民とプロレタリアが野蛮な結婚、協約をしている」と彼は楽しそうに述べる。ヴォルムニア、彼のパートナーは、この場面を見て、「閣下は何という哀れな美学者ですこと！」とコメントする。ついに、ある煉瓦職人が我慢できなくなり、党書記長を、彼の考えでは意味のない言葉で非難する。煉瓦職人は「労働者裏切り者」という言葉すら思いつかない、と党書記長は言う。

この膠着状態で、党の代表者であるコサンケが登場する。彼は党書記長に国家への忠誠と、それに対する書面による表明を期待しているが、党書記長もコサンケの願いを聞き入れようとはしない。党書記長の著書を、「西側諸国の人たちが楽しく読んでいるが、コサンケのウソが入っている著書は、東側諸国の住民が読んでいる」と彼は同志を挑発する。労働者とコサンケの間で言葉の応酬が繰り広げられ、コサンケはその場を去る。

党書記長は、ずっとテープレコーダが録音していたことで得られた豊かな収穫に喜ぶ。ヴォルムニアは彼は演じているとコメントする。

第三幕

ストライキ指導者のウィーベとダマシュケが登場し、党書記長にストライキの呼びかけを書くよう要求する。彼らの要求は、以前からいた労働者たちのものよりはるかに急進的で、彼らは最終的にはノルマ引き上げの撤回を望んでいるだけだった。しかし党書記長が労働者たちをこれ以上引き留めようとすると、公開裁判が行われることになる。党書記長とエルウィンは絞首刑を言い渡される。

エルウィンはメネニウス・アグリッパの役になり、腹と四肢の寓話を語る。これに感銘を受けた労働者たちは、劇団員を処刑するつもりだったのをやめる。

事態は緊迫化する。劇場の外で最初の負傷者が出る。遠くからコサンケがメガホンで話す声が聞こえる。ウィーベの自由への呼びかけは、近づいてくる戦車の音にかき消される。反乱は明らかに失敗に終わる。党書記長は党指導部に書簡を書くことを決意する。遅すぎて彼は気づく。「聖なる精神は呼吸し、精神に充ち溢れて、漂っていた」。それから彼はもう一度テープの録音を聞く。

第四幕

　コサンケが登場し、劇団員たちを脅迫する。彼は党書記長に、他の知識人たちと一緒にＳＥＤに対する連帯を表明する文書に署名するよう強要する。党書記長は、最初は「カメレオン」になりたくないと言い張るが、ヴォルムニアにそそのかされて、結局署名する。しかし、彼は自分の微妙な態度を証明するために、こっそりと複写した文書を隠し持っている。『コリオレイナス』のさらなる翻案は行わないと決める。

「……われわれが自身を変えない限り、……シェイクスピアの作品を変えることはできない」と彼は語る。最終的に党書記長に残されたのは、湖畔に位置するパウペルンの家への隠遁だけであった。

人民による反乱の試み——ドイツの悲劇

第一幕

【第一場】

舞台の前面右に、職務机、座り心地の良い肘掛椅子と、党書記長のための数冊の書物と原稿用紙と小さな机がある。またその左側には、音声録音機、公文書保管庫、それにコリオラヌス〔紀元前五世紀、ローマから追放され、ウォルスキー人を率いてローマを攻めようとした人物〕を象徴する古代ローマの地図が舞台正面を装飾として掲げてある。そして、リットヘンナーが、コリオラヌスの服装をした人形を舞台に引きずってくる。また、職務に関する本を抱えてポドウラが登場する。二人はコリオラヌスの人形を不思議そうに眺める。

リットヘンナー 〔劇場の〕天井・簀子に損傷はないか？　垂れ幕を上げよ！

〔背景となる垂れ幕が上方に上がっていく〕

ポドウラ 何故シェイクスピアの『マクベス』や『ハムレット』『ベニスの商人』などの作品を上演し続けないのか？

リットヘンナー　党書記長はそれの変更が可能だと言っておられるよ。

ポドウラ　今まで九十九回もシェイクスピアの『オセロ』や『リア王』や『夏の夜の夢』などいろいろな作品を上演してきたのに、何故に、〔古代紀元前五世紀、貴族のコリオラヌスがローマから追放されたが、民衆のためにそのローマに戻って反乱をたくらむ物語を〕今ここで上演するのだろうか？　コリオラヌスは誇り高くはあるが、高慢ちきな人物だ。また、民衆のために献身的でもあるが、公正ではない面もあり、強情であり、政治思想においては幾つか矛盾する点も指摘できようし、彼の主張する政策の一つは、山や巨大な山を崩して平らにし、農地や牧場にすることなどだが、不可能というものであろう。

リットヘンナー　だが党書記長は演題を、これまで上演し続けたシェイクスピアではなく、『コリオレイナス』に変更させるようだ。

ポドウラ　党書記長は、ひとり馬に乗っている貴族コリオラヌスを応援するようだ。

リットヘンナー　あの戦争のスペシャリストを？

ポドウラ　いいや、彼はギリシア神話の巨人族のようだ。そして、民衆に囲まれて、勇ましくも悲しい運命に抗いつつ。

リットヘンナー　ところが何故か、人民は、そのコリオラヌスを糾弾することを決心したのだ。それに対して、コリオラヌスは穀物の値段を低くすると宣言して、それを口述し、書記官にそれを筆記させるのだ。

ポドウラ　そして、コリオラヌスは人民の顔に向かってつばを吐きかけようとするし、人民は彼にとっては馬鹿げたものであるが、しかし、彼は、操り人形である人民の、心優しい護民官でもあるのだ。

リットヘンナー　党書記長は、人民と護民官コリオラヌスの成果を認めるのだが、貴族階級であるコリオラヌスの階級を意識した人民が、階級問題を討論したいと主張するのである。

ポドウラ　人民から見れば、貴族階級であるコリオラヌスは敵として充分であるが、人民側に立つ護民官コリオラヌスは、元老院階級に勝利したのである。

リットヘンナー　われわれのところ、東ベルリンでは、人民が勝利するのである。

ポドウラ　コリオラヌスのテーゼならよく知っている。すなわち、思考が混乱した似非革命家ではなく、意識して革命家になろうと思っているのだ、そうだろうか？

リットヘンナー　いよいよ最初の場面が始まるな、楽しみだ。

ポドウラ　党書記長が人民の衣装を試着させているからな、お腹やほかの身体の部分に、三回もお色直しを試みているし。

リットヘンナー　それについては、あらためて議論できよう。

ポドウラ　色については、変更し、さらに変更ができる。もう数週間もかけて、コリオラヌスの人形の衣装を繕っていることに時間を費やしているのだ。時間がないので、コリオラヌスの人形の衣装を、いじくりまわさざるをえないのだ。

リットヘンナー　それはそうと、党書記長は自分好みのスタイルを思いついたようだ。

ポドウラ　擦り切れた皮とドリル織りだろう？

リットヘンナー　それに、戦争のスペシャリストの制服だね。

ポドウラ　ところで、あの古代ローマのコリオラヌスは、必要とあらば大鷲たちを追い払うことができるが、しかしながら、人民を自己の思い通りにすることはできず、ローマにおける敵対者を恐怖に陥れることもできまい。だが、コリオラヌスにとって勝利とは、紺碧の空に向かって、喜色満面、敵をにらみつけるようなもので、簡単なものであったという！　彼の高慢さは、人民を魅了するのだが、それは〔シェイクスピア『コリオレイナス』の〕第五幕において、明らかになるだろう。……

リットヘンナー　党書記長は、何と言っているのか？　シャツとズボンに関しては、コリオラヌスは慎ましく、控えめであり、彼の熱狂的で理想主義者的な高慢さを示している。

ポドウラ　［笑いながら］確かに！　彼もまた、控えめな衣装をしているが、やむをえない場合にはシャツに替えるのだ。

リットヘンナー　［ポドウラを見つめる。数分後］おまえさんはそうした見解ではないのだな。……
ポドウラ　勿論のこと、俺はそうした考えではないよ。

【第二場】

党書記長と舞台演出家エルウィンが登場。


党書記長　この舞台は、何故にこう暗闇なのか？

ポドウラ　昨日は、仕事のための光があったが。

党書記長　しかしながら、今日こそは、空は煌々と明るいぞ！　コワルスキーよ、光を節約しては駄目だぞ！　上演する舞台を清潔で、きれいにせよ！　吾輩がいるローマでは、昼の光が煌々としている。［コリオラヌスの人形の前で］装飾が過多だし、いつもそうだ！

［ドラマの演出家エルウィンは、コリオラヌスの人形の衣装を変える］

渦巻装飾な着古した衣装で、それで充分。

死体、火酒とバリケード群、／武装した男たち。その衣装にひだがない。

この吾輩はコリオラヌスを見た、そして、職人たちが、暴動を起こし、／人民を強く誘う、／彼自身ではありえない、／そうだ彼を、コリオラヌスを交代させねばなるまい！――おお、個人崇拝だ！――／いずれにせよ、彼を交代させよう。

昨日の事件はもう新聞に掲載されている！

とても馬鹿げたことだと報じられている。この先、いかに対処したらよいのだろうか？

エルウィン　多くの人民は、ひどいことだが、皆武器を持った武装集団となっている。

穀物の価格は高騰し、国民は皆飢えている。

そのため、国民の敵を殺害するべく団結したのだ。／――決起せよ！――コリオラヌスよ！

党書記長　奴らは自業自得だ！

人民は指の傷跡など、／すぐ分からないのではないか。

エルウィン　同じようなテーマで、シェイクスピアの劇作では、二十七作品もあるんじゃないの。

党書記長　コリオラヌスはローマを救い、守ったことがある。人民の身代わりとなったかどうかは知らぬが？

エルウィン　彼は英雄だ！

煉瓦職人たち、パン職人たち、ロープ製造職人たちはコリオラヌスを賞賛している。……

党書記長　ところが、同じロープ製造職人たち、煉瓦職人たち、パン職人たちは／重い棍棒を手に持って、怒り狂っているようだ、／なぜならば、コリオラヌスは、今度は、穀物の価格を上げて、／オリーヴを高値にしたからだ。

ポドウラ　それで、ここでもオリーヴが不足しているのだな。

リットヘンナー　リヴィウス〔紀元前五九―紀元一七年。古代ローマの歴史家〕家にも、プルタルコス〔紀元前五〇―一二五年ころ。古典ギリシアの哲学者、伝記作者〕家にもオリーヴが不足していたという。

エルウィン　最近、オリーヴを贈り物として頂いたのだ！

党書記長　とんでもない！　油の不足が、／パン職人たち、ロープ製造職人たち、煉瓦職人たちのストライキ発動の／論拠でもあり、根拠でもあるのだ。

エルウィン　結果的には、彼らの意見が一致しなかったのである。

それで、メネーニウス・アグリッパ〔紀元前六世紀初頭の将軍。執政官。平民たちがローマから聖山に移住するという事件が起き、使節として聖山に赴き、「胃袋（貴族）と四肢（平民）」のたとえ話を語り聞かせ（以下、グラスはこのたとえ話を基に腹芸・身体などを用いている）、平民たちをローマへ戻るよう説得したという。和解が成り立ち、「平民会」と平民から選出された政務官の行為に拒否権が発動できる「護民官」の設置が認められることとなった〕が登場したのである。

党書記長　このおしゃべりな奴が、食料不足で飢えのため、反乱の試みを勃発させた、／というのは正しくはない。／親を失った他の動物の子を育てる雌牛が半分寝そべり、歌をうたいながら、／反乱の試みが勃発したのである。

エルウィン　そうしたたとえ話が、国を救ったのであろう。

党書記長　おまえさんは、満腹のことを考えていたのだろう、それは貴族のことだ。

エルウィン　書記長が腹具合を考える時は、国家と貴族とを考えているのですね。

ポドウラ　［目前にあるテクストを朗読する］当時は、あらゆる身体の部分は生きていた。／ところが、腹芸部分は反乱的であるのだ、すなわち、腹芸を告訴せねばならぬ。……

エルウィン　彼は喉を動かすことなく、／身体の中央部では、働きもせず、ぶらぶらし、／そして、食物を常に呑み込んでおり、他の部分のように行動に移さないし、／他の部分もそうである、それらの全体を構成する部分で、／眼は見る、耳は聞く、口は語り頭は思う、両足は歩く、舌は感ずる／身体の部分は、相互に援助し合い、意志を形成する。／そして公共の福祉と万人の利益のために働く。／全体の身体は、腹芸は、何を答えようとするのか。……

党書記長　腹芸は、たとえ話風にぺちゃくちゃしゃべる美しいものだ。……

エルウィン　国民が意味もなくただ指骨を動かすことは、／国が存在しないことであろうか？　いやすなわち、貧窮したものが少ない国、胃袋、／その中にベーコンとそら豆が入っている、／それは通常の食い物があるところだ。

党書記長　メネーニウス・アグリッパのたとえ話は、／大昔から世界的に有名な話である。

これを溶接工たち、そして組み立て工たちに話して聞かせよ、／また送電・通信用のケーブルを巻きつける職人たちにも、今日、話して聞かせよ！

エルウィン　たとえ話は、単純で押韻するが故に、／国民にとっては、たとえ話的なものも押韻されよう。

というのは、灯台のように周囲を見渡すとしよう。

［助手たちに向かって］

おまえたちはいつも真面目だから、息抜きとして、／ちょっと冗談を言ってくすぐってみようと思うのだが。……

それはそれとして、マルキウスがこちらへ来る前に／――今朝すでにコリオラヌスを呼んであるのだが――／彼は回り道をせずに、嘔吐しながら直接来た。／ところで、以前の戦争中のことだが、穀物によって鼠を呼び寄せ、／どっさり掻き集め、売ってお金を稼いだという逸話が知られる。護民官たちは、馬鹿馬鹿しくも、／自身の洗濯物の中を鼠が潜んでいないかどうか調べさせたという！

党書記長　おまえさんたち、そこから来てくれたまえ。／そして、健康そうな生きのいいロバと、／シチニウス、ブルータスを舞台に登場させてくれ。

リットヘンナー　前四世紀のあのローマの〔政治家、将軍、執政官〕マルキウス・ガイウスのように誇り高い人間が存在したでしょうか？

ポドウラ　そうな、いないだろうな。

リットヘンナー　われわれも護民官に指名されたが。……

ポドウラ　人民をよく観察し、自己の発言に注意せねばならぬ。

リットヘンナー　そうだなー、彼はあざけっているのだよ。

ポドウラ　〔腹を立てて〕嘲笑ではないのだね、神のみぞ知るだな。

リットヘンナー　純潔な月さえも、ローマのマルキウスを冒涜するのではないか？

ポドウラ　この戦争に彼は引き入れられた、〔古代ローマの独裁官〕カエサルのように彼は誇り高く、／勇敢であった。

党書記長　おまえさんたち、人民から侮辱された金利生活者たちは、彼すなわち、コリオラヌスと交代させることは無理であろうな。おまえさんたち二人に、反乱を鎮めるための策を訓練させねばならぬようだ、すなわち、おまえさんたちはそのように変わらねばならないということだ。

リットヘンナー　〔簡潔に言う〕ポドウラと俺が、同じような状況でシチニウスとブルータスと同じように振る舞うこと〔暗殺〕はできまい、と党書記長はほのめかすのだ。

ポドウラ　リットヘンナーと俺は、人民側に立っていることは明白だ。それに、党書記長に手引きされて労働者階級が反乱する劇場に登場することができたのですね、書記長に感謝せねばなりません！

党書記長　正しい振る舞いをせよ！　われわれ政府は予期せぬ反乱の試みに対しての振る舞い・対策を講じる点について協議することになっているのだ。

ポドウラ　では、労働者階級の政府について？

党書記長　おまえさんたちは農民たちを忘れ去っているし、自己批判をせねばならぬ、よく考えてみよ、吾輩たちに新しい家を約束されたようだ。

ポドウラ　望みにしたがって、すなわち、初めてのドイツ労働者・農民の政府の確立である。

党書記長　しかしながら、約束された回り舞台では、農民の反乱の試みの劇はないのだろう。

エルウィン　賢者たちよ、それを録音テープに話すべきである。

党書記長　どこにその録音テープはあるのか？　ルーフス、フラヴス、コクトールよ。遅かれしレーニンか？　われわれは革命を試してみよう。そして、人民たちの反乱の試みは遅れることであろう。象徴的表現か？　否、人民はだらしないのだ！　見てみろ！〔人民は人民なのだ〕何もしない。吾輩が新しい録音テープを聴けるだと？　それで人民はわれわれをのぞいて、待つことなく行動を起こす――劇はもう終わりとするのだ！

リットヘンナー　［記録保管庫から、目録カードを手渡し］モンタージュだね？［とささやく］

党書記長　［読む］不平を鳴らす家庭の主婦もまた、国営チェーン店の前で、反政府的な使節団がささやく。「国営白熱電球製造事業体」が五月一日のメーデーの行列の際に引っ越しするという掲示板を見て、――〔その白熱電球事業体に〕不平をささやく。

エルウィン　その事業体にとってインチキな白熱電気が、何のためになるのだろう？

党書記長　ドイツの労働者たちの各地での反乱の試みの現実の騒音を聴いたことがあるのか？――そして、人民が吾輩を目がけて走り寄り、吾輩に向かって反乱の試みを成し遂げようとしたのだ！

［リットヘンナーとポドウラは舞台左へと退場する］

【第三場】

舞台で録音テープが流れる。初めは騒音ではあるが、次のような言の葉が語られる「二ポンドのジャガイモを買うのに、店前で三時間も並んで待っている。顧客が困らないようにする手立ての工夫に欠けているのだな。書記長は国営のジャガイモを自身食っている。それも届けられた残りかすを食っているのである。ではどこに春のジャガイモがあるのだろうか？　上記の政党のボスがジャガイモを食っているのである。ロシアのボスであるスターリンが死去後になると、そうではないことになる。電球もジャガイモもなくなるのである。先が尖った口髭野郎、スターリンが存命する限り。しかしながら、ジャガイモを煮込んだ鍋料理を食べることは可能である、ただしロシア人には。ロシア人には規範を厳守しない人が多い。われわれ東ベルリンでは、豚にジャガイモを餌として与えている。五か年経済成長計画において。しかし、消費財はなく。ジャガイモは輸出する。俺は先が尖った口髭紳士、ジャガイモ、ジャガイモを毎日食っている紳士。……」党書記長は、録音テープの音を静かにし、人民の反乱の試みによる騒音をやめろと語るのである。

党書記長　その録音テープには、ジャガイモを配給せよという革命的な要求しか含まれていないのだ。

エルウィン　十一月十八日以後、その録音テープの音声が流れたらよいのに。

党書記長　似非革命家については、吾輩はいろいろ記述してきた。奴らは、機関銃の音を聴くやいなや恐怖のあまり逃げて行ってしまうものだ！　そんな奴らだよ！

エルウィン　奴隷剣闘士スパルタクス〔古代ローマの、バルカン半島東部トラキア出身の奴隷剣闘士で、紀元前七一年、共和制末期に起こった奴隷反乱の指導者〕の物語の作品上演で、劇場は、大入り満員で、初めて経済的な成功を収めたのだった。［にやにや笑う］天空に浮かぶ月を抱く理想主義的奴隷革命家だよ。

党書記長　（スパルタクス団（一九一七年に、政治活動家カール・リープクネヒトやローザ・ルクセンブルクらの指導の下に結成され、人民も加わった左翼過激集団）の）カール・リープクネヒトやローザ・ルクセンブルクは、二人ともロマンチストだよ。

エルウィン　貴方、書記長は当時、無政府主義者で、酒場でギターを弾いたりして、その才能で飯を食いつないでいたのですね。

党書記長　［静かに笑いながら］あの時は豊潤な時間であったよ——貧乏ながら、心が沸き立つような気分であった。革命は、奴隷剣闘士スパルタクスの古代ローマ的やり方か、あるいは、左翼過激集団のカール・リープクネヒトとローザ・ルクセンブルクのロマンチックなやり方か、を夜中じゅう討論していたのだ。

エルウィン　しかしながら、貴方の場合では、美的な立場が勝利しているのであろう。

党書記長　すでに、あの『資本論』の著者、マルクスはその点を指摘しているさ。

エルウィン　そして、あのレーニンも、革命は芸術のように「美しく、血を流さないで」やり遂げねばならない、と提案したのですね。

党書記長　すなわち、教訓劇を上演しよう。観客をより賢くするために！　ここでは！　練達の護民官が、人民に次のように示す。どのようにして革命を起こすのか、あるいは、革命を断念するのか。——あるいは、今日新たに革命を起こすのか？　あのコリオラヌスをベッドに横たわせているのか？——または、再び詩を詠ずるのか？　短絡的に言えば、私的なことである。その中から、樹、木々が生ずるのである。どこかできれば、西洋柳〔古代ローマ人はこの木の下で集会を開いたという〕——

［書記長は録音テープの音声を高くした。ジャガイモのモチーフは繰り返され、録音機の音声が流出した場合、事柄に対応して伝えることには「モンタージュが終わりになって、コリオラヌスのために職人たちと労働者たちの反乱の試みが始まって——試みる初めての場面」。背景には、リットヘンナーとポドウラと五人の人民が書き割りから、登場する］

エルウィン　銀のポプラ材？　聴いていることは正しいことなのか？　あんたは樹木の下で「古代ローマ人が集会を開いた」のことを話しているのか？

党書記長　その古代ローマ人の集会は再び開催されないであろう。

エルウィン　詩が問題になるのなら、ジャガイモがそれだ。

党書記長　［皮肉めいて言う］冬のジャガイモか？

エルウィン　［まじめに演じて］春のジャガイモでしょう！

党書記長　その通りなら、ジャガイモの種芽であろう。——
　コワルスキーよ、もっとジャガイモの種にもっと光を！　日中のローマで、英雄カエサルがブルータスらによって暗殺された。

【第四場】

助手たちと人民とがグループとなって、舞台上に立っている。彼らは、一方では、興奮して、他方では、反乱の試みを鎮圧するような当惑した態度である。しかし、人民は棍棒を手にし、そして、提案のハンマーの第一打も手にしている。

リットヘンナー まだ、時間は充分あるようだな。それまでいろいろな対策を講じねばなるまい。否！　反乱の試みへの対策が真っ先に大事なことだ。

ポドウラ 第一幕、第一場、ローマ、街頭にて、録音テープの音声が流れている！

党書記長 私的な会話を慎んでくれたまえ！

［人民は目下、分散しつつある、だが、一団となって行進してくる］

ルーフス われわれ側が行進する以前に、俺には、誰かがしゃべっているのが聞こえるようだ。

フラヴス しゃべれ、しゃべれ！

ルーフス おまえさんたちは、食いものがなくて飢えるより、反乱の試みを起こして、死を選ぶのか？

フラヴス、コクトール、ヴァッロ、ブレンヌス 俺たちは、そう決心したのだ！　そのように決心したのだ！

ルーフス　おまえさんたちは第一に、人民の主なる敵はカユス・マルキウスであると知っているんだろうな！

フラヴス、コクトール、ヴァッロ、ブレンヌス　われわれは知っている！　われわれは確かに知っているよ！

ブレンヌス　［飛び跳ねて］党書記長殿、市街ではどうなっているのですか!?

ルーフス　俺たちは、あのマルキウスを殺害してしまいましょう。そして、穀物の価格を、人民のことを考慮しつつ、設定するのだ。

ヴァッロ　殺害はやめろ！——それは無理というものだ。すでに、人民は十列になって行進してくるのだよ！

党書記長　こういう機会では、いつもそうだ。吾輩にテクストを手渡してくれたまえ！

ブレンヌス　書記長、ただちに、どうぞ。御覧なさい！　人民はそれぞれ腕を組み合っていますよ。〔われわれ東ベルリン市の陸軍の編隊を観察して、それから〕学んだようですね！

コクトール　人民は歌わないが、彼らの木のサンダルの激しい音が聞こえてくる。

ブレンヌス　本当の気持ちを言うと、人民と一緒にその場にいたいくらいだ。

フラヴス　俺は、彼に全力を尽くさねばなるまい。

ヴァッロ　われわれは、これで仕事を終わりとして、明日にしよう。

党書記長　いつもの通りの行進が見られるが、それは反乱の試みの予兆か？

ブレンヌス　それはいつもの通りの行進ではありません、書記長。人民は、今日、違った顔をしています。女たちは、街路の縁でハンカチーフをくしゃくしゃに丸めていますよ。

リットヘンナー　書記長！　おそらくわれわれは、差し当たり、録音テープを止めておいた方がよろしいかと思いますが。

党書記長　今日、普通に行われていない人民の行進と、行進している人民の顔がどのようなものか、われわれと録音テープを聞きたいと願っているのだし、また、彼らの顔つきから学びたいと思っているのだ。

ヴァッロ　目立ったことは、皆が笑っていることです。

コクトール　人民が行進している場合には、その顔は不機嫌そうなものではなく、真面目そのものであって、また、ほとんど美しいと言えよう！

エルウィン　では書き留めておこう。人民は美しく、真面目である、と。

ブレンヌス　人々はどこに行こうとも、誰かと一緒に、誰かに対して、如何なる理由でも、質問することなく、その場にいたいのだ。その場に存在したいのだ、と。

党書記長　では、人民は論争する気はないのだな、単に示唆するのみであるのか？

ルーフス　人民は武装してはない。人民はパンと一緒に、自転車に乗って、書類入れ鞄を脇に持って行くのだよ。

党書記長　誰を興奮させているのか？　人民は、どこに自転車に乗って行くのか？　そして、美しく、真面目な顔をして、人民が反乱を起こすことを、われわれが妨害しない！――場面は舞台前。［人民は躊躇する］どうぞ、そうしてください。

［書記長は教卓に戻る。人民は舞台での、位置を探す。反乱の試みが始まる。軽快な夏用のマントを着用した人民の集団が舞台に登場。また、一人の女優も登場する。この女優は、コリオラヌスの演出による〔コリオラヌスの母親である〕ヴォルムニアの役を演ずる］

ルーフス　われわれが舞台から退場する前に、叫び声が聞こえてくる。

フラウス　しゃべれ、叫べ！

【第五場】

党書記長　ここは停車駅かね？

ヴォルムニア　何ですか――貴方は、私を試しているのですかしら？

ポドウラ　何なら録音テープを持ってきましょうか？〔音声が流れる〕

エルウィン　それをとめろ！

党書記長　いや、今、音声は流れている。

ヴォルムニア　〔録音テープをとめる〕私は録音テープに話したくないわ。

〔書記長に向かって〕

さて、計画されたすべてが、うまくいかないようですね？

そして、自発的に始まったようですね、前もって計画もなしに。

党書記長　おまえさんは反乱の試みのことを考えているのか、第一場の？

ヴォルムニア　反乱が起こっていることを、言っているのです。よく聞いてくださいな。人民の反乱の試みですよ！

党書記長　この吾輩の演説の草稿を、見なさい、われわれはローマにいるのだ。

人民は、叫び声を上げたり、騒音を立てたりするだけで、それも素人くさい。……

しかしながら、／コリオラヌスのお母さん、／われわれの反乱の試みへの対策計画上には、貴方が、お書きになった文章は掲載されてはいませんよ。

ヴォルムニア　では、私は邪魔をしているのでしょうか？

党書記長　その通り、おまえさんは、邪魔をしているのだ！

ヴォルムニア　では、そのお邪魔虫がどんどん増加しましたなら？

ではお邪魔するたびに、狼の子「反乱の試みの分子たち」を投入するのですか？目撃し、証言する、衝突し、押し合いへし合いする、鼠のように早いこと？

分かってください。われわれは、今日、ローマにいないのですよ、／ロンドンでもないし、ヤコプ王の時代で、／むしろこの都市の半分ほど／――すなわち、東方を考えているのです、われわれの人民――／東ベルリン市の秩序・平和が撹乱しており、ジャガイモを要求し、しゅっと音を立てたり、／貴下の劇場が開かないように釘づけにしているのです。

党書記長　それはピューリタン・清教徒たちに違いない。／しかしながら、われわれ、否、おまえさん自身が言ったように、／ロンドンのシェイクスピアを恐れることはない／――彼は、しばしば／ペストを、食器の中からだ、と、言い訳する。／そして、露店はすぐ閉まった、――／吾輩の劇場は開かれているであろう。――

また、おそらく、幾つかの投げて砕かれた脚本のみ、残っているのだろう。

ヴォルムニア　私は今まで、不安になったことはありませんし、今回もそうですわ。

外では、激怒した人たちが、自分たちのスープをあたためていますし、／ここでは、舞台の埃を除いているわ。……

党書記長　おほう、試したくて、そわそわした、落ち着きがない人たちだ！

ヴォルムニア　人民は蜂起せよ！

党書記長　そうだ。吾輩は知っている、自発的に！

ヴォルムニア　閣下は真面目に取り組むのですね！

党書記長　そうしかあるまい。

ヴォルムニア　そして、決着をつけねばなりませんわ。

党書記長　吾輩は、多くの反乱分子の数を数えているのだ。

ヴォルムニア　それは、閣下と私と彼とを／階級を下げ、政党のボスとして、押しつけるのですのよ。

党書記長　吾輩は、それに教えるつもりだ、古典的だが、綱を締めることを。〔絞首刑の暗示〕

ヴォルムニア　では、閣下の肌は水牛の肌を太らせたようですわ？

党書記長　おまえさんは、それで満足か、吾輩は、鳥肌が立つところを見せようか？

ヴォルムニア　人民が肩をいからせ、／街頭に出て、広場をうめつくし、そして、彼らが行進してくるのを見ましたよ。

党書記長　素晴らしいことだ。もっと詳しく話してくれまいか！

ヴォルムニア　口を大きく開き大声で叫び、虎や豹のように、目はらんらんと輝いていましたわ。また、人民が踏み鳴らしたためか街頭を覆うアスファルトは柔らかくなっており、その下部の玄武岩は割れたり、裂けたりしていたわ。

それに肌は砲弾などによって炸裂し、血が出ているのを見たわ。

また、サワーミルクのような匂いがプーンと周囲に散らばり、神殿の列柱には、埃がたまり、叫び声があちらこちらから聞こえてきましたわ！

死んだ人々の肉に蛆虫が群がり食いつくのを見たし、

あちこちの宮殿が崩壊し、／あたしには理解できないけれど、激怒している誰かが、何故か、あたしに往復ビンタをくらわせて。〔とても痛かったわ！失礼しちゃうわね！〕

それに襲撃され、あちこちの階段が奪われ、乳母車も奪われたのを見たのよ。……

党書記長　［エルウィンに］おまえさんは確か、映画館でエイゼンシュタイン監督の映画『戦艦ポチョムキン』を観賞した、と話してくれたな。

ヴォルムニア　……伝達事項用の平板が頭越しに揺れ動いていましたわ。／その上には、太い文字で書かれていたわ。

財産・所有物の所有には賛同する。

土地を収用し、他のものは没収することに賛同する。

物資の自然的秩序・自然に任せることに賛同する。

……に賛同する。


党書記長　おまえさん！　それらすべては吾輩が決定したものだ。

おまえさんは身をかがめて見るようにして、簡単に、有名な引用文を見つけられる。

かつて、吾輩は、おまえさんが夢を見た、と聞いたことがある。——睡眠中にその有名な引用文を、寝言で述べていることを。

同志よ、吾輩のテクストを朗読してくれたまえ。

ヴォルムニア　貴方は、私を信じないわけね。

党書記長　すでに試みた、いずれの言の葉を。

ヴォルムニア　いいわ、ずる賢くいてくださいね。反乱の試みが始まっているようですわ。
貴方、今日にでも煉瓦職人たちが、／荷造りを済ませ、市中のバリケード設置の際にモルタルで固め、貴方を、壁に塗り込めるんだって！

［背景には、三人の煉瓦職人が書類入れ鞄を手にし、白い作業着を着て、立っている］

党書記長　すでに、その彼らは立ち、新鮮なカルキ・石灰の匂いがするものを持って。

［躊躇しつつ、吾輩に近づいてくるのだ。塗装職人は郵便はがき程度の大きさの写真と、吾輩を含めて体制側の人たちの顔とを比較しているのだな。強い光は、彼をまぶしがらせているようだ］

【第六場】

左官職人　見るところ、ここにいるのは閣下、党書記長殿ですね？

党書記長　吾輩は、おまえさんたちに吾輩の写真にサインをしてあげるから、こっちに来ないでよろしい。

煉瓦職人　そんなことを言っても、われわれは閣下のところに談判しにいくんだよ、確実に。

塗装職人　われわれは、閣下、党書記長殿を偉大なる人物である、と見ているのですよ。

党書記長　吾輩の偉大さと偉大なる名前は、自宅の仕事机から生まれたものだ。この仕事机からは、窓を通して美しい墓地が眺められるのだぞ。

煉瓦職人　閣下はとんでもないことを言われるのですね。お墓には、われわれ誰ものお骨は入りません。閣下、すべてを、やめてください。

左官職人　ですから、われわれはここにいるのです、閣下を説得するための使節団として。

塗装職人　即興として会社の小旅行の企画を依頼されるところから、使節団の一員として選ばれたのだ。

煉瓦職人　われわれは自身に言い聞かせているのだが、彼こそは、自身の安全を確保し、さらに、われわれの身の安全を確保してくれる人物だ！

左官職人　端的に言うと、われわれは、スターリン並木通りで行進しているのだよ！

党書記長　[立ち上がって] 反乱の試みを起こそうとするのか、おまえさんたちは。

左官職人　そうだ、われわれの反乱の試みは、高く評価されているのだ。

塗装職人　われわれは、唯一、社会的規範にのっとって、ノルマ・基準労働量が問題なんだよ！

煉瓦職人　それは、少し言いすぎじゃないの。われわれは、それに対しては違う意見だ。

党書記長　おまえたちは、違う意見だというが、では賛成なのか？

左官職人　われわれは賛成だ！　社会的規範にのっとったノルマ・基準労働量が問題なのだよ。……

党書記長　誰が、そのノルマ・基準労働量を決めたのだ？

煉瓦職人　それは明白だ、煉瓦職人のノルマ・基準労働量は高すぎるのだよ！

党書記長　溶接工のノルマ・基準労働量に賛成なのか？　また、ガラス職人のノルマ・基準労働量に反対なのか？

塗装職人　今はわれわれが社会的規範にのっとったノルマ・基準労働量に賛成、と言っているのだ、
／溶接工とガラス職人の意見は別として。……
煉瓦職人　社会的規範のもとで高いノルマ・基準労働量を押しつけられつつ／ガラスで嵌めたり、溶
接せねばならないようだ。……
塗装職人　ケーブル巻きつける職人もまた、／ブナ合成ゴム工、ウラン鉱山採掘工、／それにビッタ
ーフェルドやハレ、／マグデブルク、ハルバーシュタット各都市の職人たちは／われわれと統合し
て反対である。……
党書記長　それは、確かなことではないが。
煉瓦職人　われわれ煉瓦職人たちは、確かにそうだ。
塗装職人　すなわち、すべての職人たちは、同じ時間に、／同じ日に、同じ事を行動したいのだよ。
……
党書記長　そして、不満な感情が常に存在しているのだな。
塗装職人　そうなのです、書記長殿、――そして、そして。……
党書記長　では、反乱の試みが起こるな、それなら当然だ。
左官職人　な、反乱の試みは、あまりにも高く評価されすぎている、／ここでわれわれは、定式とし

て簡潔に言の葉で表現しなければ。／誰か、書く道具をこちらに持ってきてくれたまえ。……

煉瓦職人　……あるいは、マニフェストを。……

左官職人　……それでは、長すぎるし、急進的でもあるし、過激的だ。……

塗装職人　……しかし、丁寧に、そして、明確に、だが、われわれは反対だ。……

左官職人　唯一無二、テクストが欠けているのだ、書記長殿、／彼が学習したことをテクストとして書けばいいのでは。……

煉瓦職人　……皆が言っているよ、書記長のところに行ったらいいと、／彼はその兄弟を知っているようだ。……

塗装職人　……国際的に見ても、／閣下、ご兄弟は一かどの人物！　である、という。

左官職人　まあまあ、ここに筆記用紙がある。

［書記長はその紙を光に当てて調べる。エルウィンは彼の横にいる］

党書記長　ノルマ・基準労働量の文言は、／長らく使用されたため、文句の内容が空虚になっていることに注意せねばならないであろう。

エルウィン　ローマの人民には、穀物の値段を大幅に下げられたが、／最後には、パンは現物として支給された——

党書記長　吾輩の父親は書記官であった。

それで、吾輩が書く前に、父親から習ったのだ。

エルウィン　そうでしょうね、人が友達を信頼するように、それと同じように閣下の父親を／信頼できるのです。

党書記長　穀物の価格を無視すると、社会的規範にのっとったノルマ・基準労働量は通用するのであろう。

ローマでの演説者は退場する。同じように、ベルリンでの演説者も退場する。

エルウィン　書記長はおまえさんたちの事柄に興味を持っているのだぞ。

塗装職人　おまえさんたちに何を話してであろうか、と、書記長は書くのである。

煉瓦職人　書記長はわれわれについて議論しているのだ。

それは彼のうまい手口であろう、それを議論しているのだ。

左官職人　使命は、彼が書いているように、／ここにあるのだ。

煉瓦職人　彼は、絶対書かないのだ。

左官職人　彼は、勿論書くでしょう。

塗装職人　［煉瓦職人に］賭けようか……？

［最後の文章で、煉瓦職人たちは、後ろに下がった、人民は、左に向く、ヴォルムニアは党書記長の方に向く］

【第七場】

ヴォルムニア　［落ち着いた声で］閣下は、賢い中国人［毛沢東］と楽しく議論をされていたわ、しかしながら、スターリンが死去したことが報道で報ぜられましたわ。もう彼は存在しないのかしら。

党書記長　しかも、彼の肖像画は、実物大である。――舞台道具一式の中を見よ。おそらく、利用できる断片が存在する。そこには反乱の試みが、示されているし、喪章として用いる黒い紗の帯も準備されているのだ。

［リットヘンナーとポドウラが舞台から退場する］

この日の午前中に、人民が助けられなかったとしたら、世間の笑いものとなったであろう。

ヴォルムニア　人民は助けを求めているのですし、願えば、書記長が人民と議論するために、執務室のドアを鍵で開けることを、人民は信じているのですわ。

党書記長　おまえさん、鼻風邪に効果がある魔除けを信じるかね？

ヴォルムニア　そうですね、書記長がどもりながら言うのは、何か意味があるのですかしら？

党書記長　部下たちに常に指示するので、指が疲れて、短くなるような感覚があるんだよ!?〔ユーモア〕

〔ポドウラとリットヘンナーは、スターリンの肖像画を持って、戻ってくる〕

ヴォルムニア　反乱の試みがあるように思えますわ？　いったい誰が、それが事実かどうか確かめるのでしょうか？　あそこの人？　われわれ？　あるいは、閣下、書記長でしょうか？

党書記長　〔ずる賢く〕吾輩の好奇心は、昔からの災いだ。我が家の子供のうちで、誰が優秀な成績で帰宅するのか、知りたいものだ。吾輩の劇場はいったいどうなっているのだろうか？——あるいは、コリオラヌスは市中の歩道にたたずんでいるのだろうか？　仲良くやっていけるのだろうか？〔煉瓦職人たちのもとに行って〕おまえさんたちはいつもの通り、朝七時に、建築現場に行って、働くのであろうか？〔上を見上げて〕二番目の橋の建設現場でも働いたのであろうか？　コワルスキーよ、もう夜明けだ！

左官職人　夏には、六時半には仕事を始めるよ。

エルウィン　まず初めに、足場を組み立てるのだろう？

党書記長　むしろ、何かほかのことをほのめかしているのでは？

エルウィン　標識板には、東ベルリン市中の壮麗な並木通りに大きなスターリンの銅像が立てられる、と書かれてあるようだ。

党書記長　その銅像の意味はとても大きい。

塗装職人　俺が一つヒントを与えるとすれば、われわれの建設現場のそばで、朝から晩までスピーカーがギャーギャー鳴っているよ、バリケードを立てろ！　立てろ！　と。

煉瓦職人　今、簡潔に俺の思い出を語ろう、われわれは文字で書かれたものが欲しい、それも速やかに！

党書記長　おまえたちは、いわくありげに吾輩を見つめているな。――いよいよ始まるのか？

モルタルは混ぜ合わされ、コンクリートも混合され、型枠中に流し込まれる。／しかしながら、朝飯はどうなっているの？――もう食べちゃったのか？

左官職人　いいえ、朝飯は口から同志の口へと、この繰り返し。

同志たちは、住棟ブロックC南から来たのだ。／われわれは住棟ブロック四十から、／なぜならば、数日前には、汽船に乗ってミュッゲル湖にいたのである。／それは会社の小旅行であったが、／途中、約束された、われわれすべてですが反乱の試みをすることを、／そしてそのことが起こった。……

塗装職人　かつてそこには、／石灰が入っていた樽があった。……

党書記長　な、樽をこっちに持ってきな。石灰のことはいつか思い浮かべることだろう。――
おまえさんたちには、ローマから樽と石灰を取り寄せ、貸してあげよう。
［舞台上には、古代ギリシア・ローマ建築の廃墟の壊れた円柱が転がっている］
塗装職人　樽の上にはハンネマンが立っている、／――そして、石材を無口で運んでいる――
［円柱の上には］
そのハンネマンが立っている、太陽光線が強いので、シャツは着ていない。……
左官職人　彼は、アドルフのそばで、四年間も座っていたのだ。
塗装職人　そして上から下に向かって語る、こちらを聞きなさい！
煉瓦職人　［塗装職人をその円柱を押しのけて、飛び跳ねる］劇場はもうたくさんだ！　もう聞いただろう！
われわれは、ここで彼を道化役としよう、／そして、外では、人民は十列に並んで集団で行進する、／腕を組み合って、口は、／人民の同僚たちよ、集団に編入せよと叫ぶ。……
塗装職人と左官職人　われわれは、自由な人間でありたいのだ！
煉瓦職人　さて、党書記長、文章はどうなっているの？［円柱から飛び跳ねて］　党書記長は、何かを書くのであろうか？　それは、われわれのためか？

左官職人　書記長を邪魔しないことだ。
塗装職人　彼は、自身と格闘している。
煉瓦職人　それは、明日でしょう。外では、燃えている。
党書記長　［書きながら］確かにおまえさんたちのために書いている。吾輩がいつも書いたものは、／おまえさんたちのための文章であるのだ。ただ、彼らが、学校で教わったのに、読むことを、忘れてしまったのだ。
煉瓦職人　ボール紙があれば、可能だ。［スターリンの肖像画を釘で打ち込む］
党書記長　［立ち上がって］しかしながら、事柄の問題に行こう。どのくらい多くの人民の行進が途中にあるのか、だいたいの計算では？
左官職人　そうですね、二万人ぐらいかしら、指で数えてみて。
党書記長　彼らは、元気で再び、それぞれ自宅に帰るであろう。
煉瓦職人　そうではないのだ！［行進し続ける］
塗装職人　書記長の不信感は、おそらく幾つか根拠があるのであろう、しかし、われわれは、今回は、真剣に考えているのだよ。
煉瓦職人　ここでは、釘などを打ち込むことはないのでしょう？［スターリンの肖像画を引き裂く］

塗装職人　もうたくさんだよ、カール。

左官職人　［煉瓦職人に向かって鋭く言う］無法な行為はしないことを、われわれは決議した。そして、［党書記長に向かって］われわれは建設現場から、現場を整頓してきましたが、人間として完全に非政治的で、扇動する旗も持っていませんが、われわれは、政府が立地する官庁街に行進します。

党書記長　何と言ったらいいか、旗を持たないで、非政治的で、勿論人間として再びそれぞれ自宅へと行進しつつ向かったのだな。

煉瓦職人　口髭をやめろ、そこの顎髭もやめなさい！　ところで、シベリアの山羊はどこに存在するの？

エルウィン　［ポドウラに向かって］音声録音機をストップせよ。反乱の試みへの材料を節約することは大事なことなのだ！

［ヴォルムニアは党書記長を脇に抱える］

ヴォルムニア　［党書記長に向かって］閣下は、人民のことをもはや全く知らないんじゃござんせん？／人民が互いに入り乱れて行進するのを見たのでしょう？／閣下が二十歳の時で、反乱への試みが一九一八年の時なの。

党書記長　［合図して］反乱者たちは、／市中の鼠たちを踏み鳴らすな！

ヴォルムニア　労働者たちは、違うことを考えていますわ。

党書記長　その彼がボール紙に何かを書いているのが、吾輩は見たような気がする。

ヴォルムニア　書記長は反乱の試みへの対策の訓練を受けていますし、人民の価値を知っておられます。

党書記長　スターリンの肖像画を大切にしなければならないぞ。／そうしたら、鼠の存在を問わねばならんのだ。／人民が反乱への計画がなされたのか？　そしてその指導者は、誰なのか問え！――

［書記長は、飛び跳ねる］人民は、放送局をすでに占拠したのか？

ゼネラル・ストライキが叫ばれているのか？

西ベルリンに、諜報部員が存在していることは確かか？

東ドイツの人民警察は、何をしているのか？　人民をみくびるな!?

ソヴィエトの権力機構は、人民に武器を与えたのか、／その結果、共産主義国家としてとどまっているのか？

そして、戦車が、いつなん時に来るのか？

人民は、そのタイプを知っているのか？　吾輩はほとんど信じているのだぞ。

左官職人　何故に、戦車か？　われわれには、武器を持ってはいないのだぞ。

煉瓦職人　書記長は、イワン皇帝が来る時に、数台の戦車が、と考えているのだ。

党書記長　確かでないことを、そのまま受け取るな、そして吟味せよ！

左官職人　ソ連人が来る、となると。……

党書記長　では、何が？

　逃亡者がこちらに来れば、苦境に陥る。

同志よ、そこには非常出口が複数あるのだ！

［左側から大工と道路工事の作業員、石材運搬人、鉄道員それに機械技術者、それと自転車等々が舞台に登場する。煉瓦職人たちと労働者たちは、一つのグループを形成する］

その結果は、強力となる！　新しい反乱への誘いをお願いしつつ、自宅へと行進する。

それぞれの主婦たちよ、手を組み合って、それぞれの家に帰ろうとする。そして食器を洗い、反乱へのビラを釘で打とう。

――というのは、何かがいつもぐらぐらするの、――

始めよ、スリッパをはいて。［コワルスキーは、胸の中、心の中で打ち明けるのである。］コワルスキーは、そして、再び、［威張るように背を向けて、］電灯で照らされた仕事机で、仕事にかかる。

［うす暗い］

【第八場】

煉瓦職人　人民は、裏切り者だ、秘密を漏らす者たちだ！
ヴォルムニア　［コリオラヌスの人形に］この奴の身体を鍛えよ！
大工　人民よ、人民はプロタリアートの友人であることを／俺にも説明してくれたまえ？
ヴォルムニア　私は、ここにコリオラヌスを推定した上で、私たちは、おまえさん、コリオラヌスがこんなに早く来るとはまったく思ってもみなかったのですわ。
党書記長　吾輩は、不可能だと思う。その意志もない。コリオラヌスよ、聞いているのか？　違うであろう！
ヴォルムニア　閣下、書記長はコリオラヌスの主張を、貴方が代わりとなって主張するのでしょうか？　非常出口ですか？
党書記長　人民には、雄の山羊のソーセージを喰わせてやればよいし、瓶ビールをも！
煉瓦職人　この下種《げす》どもは、強情な人だ。
エルウィン　どうぞ、我慢してくださいな！

ヴォルムニア　話してくださいな、おまえさんはかつてコリオラヌスと一緒だったのですか？
ポドウラ　俺の台本は、どこにおいたのであろうか？　高慢ということは、自身に忠実である、ということだ。
エルウィン　そうまじめに取らないで下さいな。
石材運搬業者　ということは、ここではおもしろいことをやっている、ということか？
党書記長　今、戦術的に振る舞わねばなるまい。ということは、嘘をつかねばなるまい、ということであろうか？
リットヘンナー　書記長は、自身の影以上のことはできない人物なのですよ。
党書記長　まったく台本から離れて、例の、「どもる」べきであろうか？
ポドウラ　そうだ、ローマは求めている、コリオラヌスよ、ゼウスの聖鳥鷲のように飛翔せよ！
党書記長　今は、劣等生のごとく、／自分の役割を忘れてしもうた。そして、めまいのせいか、意識がもうろうとしている……
書物を！　あのコリオラヌスはどのように読書したのであろうか？［ポドウラは、その本を書記長に手渡す］
道路工事の作業員　書記長は拍手を期待しているのだろう。それとも、ソーセージをはさんだパンだろうか？

党書記長　［ひざまずきながら］コリオラヌスは今、ひざまずかねばならない。

おおー、吾輩の母上！　母上様！　おお！［労働者たちは、腹を抱えて大笑いをする］

エルウィン　彼が今、語ったことは、古代ローマのある作家の小説から引用したものであろう。

そしてヴォルムニアを眺める。ヴォルムニアは、／独白するように息を凝らす。

［ヴォルムニアは、書記長に向かって、叫ぶのである。労働者たちが近づいています、と］

ヴォルムニア　［物静かに話す］この地球上で、／母親に感謝しない人などおりませんわ。／罪人を公衆の面前で、嘲笑に晒すための晒し場での女のように、その人に私を相手におしゃべりさせておけばいいですわ。

［そして今度は大声で］

書記長に向かって、摂氏五度ぐらいにさせますわ。

この国では、／人民が反乱の試みを起こす際、市中の芝生を、／人民に固有な華々しい花でもって大切にすることは美徳であると言われておりますわ。／人民が東ドイツの国旗を先頭に揚げて進む時、／人民は、勇敢にその道を走っていくのですわ。——

［煉瓦職人たちの間に交じって］

といいますのは、悪いことに、ノルマ・基準労働量と価格を下げても、／より大きな不足が生じ、憤怒しつつ腹立たしい気持ちになります！／だってジャガイモや味が薄いビールが不足して、とても困りますわ、／ですので、人民の舌も不能になり。

口を動かすこともままならいのですわ。

これらのことは、計画経済におけるノルマ・基準作業を越えた作業量！　などが原因なのですわ。

——

しかしながら、書記長、閣下はプロレタリアではないし、にもかかわらず労働者たちが被るような帽子を被っておりますが、／閣下は人民に対して、政治的義務を果たそうとはしないのでしょうか。／そして、こんもり茂った森の中で、人民が、ストライキを宣言する大きな声が聞こえ、／また、人民は、芝生を慈しみ、大切にし、／時が経ると、芝生は不毛となり、／代わりに郊外で育つ、なでしこや三色すみれを慈しみ、それらの花を咲かせるのですわ、／書記長が顎髭を鋏でもって調えるように。……

石材運搬業者　われわれが要求するものは、自明なことだと思うのだが。

左官職人　［初めて堪忍袋の緒が切れて］その通りだ。ただ、彼の名前が欠けているぞ。ここだ。［筆記用紙を指し示す］

党書記長　煉瓦職人たちは一個、一個、煉瓦を積み上げろ。吾輩は書く。垂直に煉瓦を積み上げろ――垂直に書かれた文章――誰が苦も無くスターリンの銅像を設置するのか？　マニフェストが書かれ、反乱の試みが宣言され、開始されるようだ。しかしながら、吾輩は繰り返す、すなわち悲歌の香りが天空中に漂い、彷徨うのが分かるのだ！――［マニフェストの文章が書かれた用紙をこちらによこせ］ポエジーは別として、そのマニフェストの文章は誰を助けることだろうか？――［書記長は退場しようとするが、煉瓦職人は彼を引き留める］

煉瓦職人　われわれのその筆記用紙はどこにあるのかよ？　その紙には、シミでもついちゃったのであろうか？

大工　彼に思いつくことがなければ、そのことを言えばいいのに。

塗装職人　ああ、何を言っているのか！〔ろくでなし〕　政府は、煉瓦職人たちに、新たな劇場建設工事の委託をしたようだ。

道路工事の作業員　だから、彼らは、われわれに何も協力しようとしないのだ。

煉瓦職人　委託を受託したよ、組合のボスたち。これから何を待っていればいいの？［彼は舞台から退場する］

ヴォルムニア　何でめそめそ、泣いているのかしら、男なら勇敢に行動するべきではないかしら！

党書記長　吾輩は、ガラガラ、ガチャガチャ音を鳴らせながら、生地から、パンやケーキなどを焼こう、と思っているのだ。［彼は退場する］

エルウィン　人民は、書記長を説得することができなかったのだ。

ヴォルムニア　書記長は、ご自身から説得されたがっていますわ。私たちの手助けによって、反乱の試みを成就せねばなりませんわ。

煉瓦職人　ということは、書記長の前で、手本として、踊って見せる、ことなのであろう。

エルウィン　崇高な山々でさえ、一回目の攻撃で登頂できることは稀である。

［ヴォルムニアとエルウィンは、党書記長の後をついてゆく］

［幕が下がる］

第二幕

【第一場】

労働者たちと人民は二つのグループになって、立っている。ポドウラは音声録音機を脇に抱えている。

コクトール　人民は、湿った衣服を着ているので、風邪をひくのではないか。

ブレンヌス　彼らは、衣服を脱がないのかしら？

大工　心配ご無用。われわれは、ここでは若いからだ。

市街電車の乗務員　彼らは、衣装の中に、身を突っ込んでいるのだ。

塗装職人　人々よ、気をつけろ、われわれを歴史的人物とさせるものがいる。

道路工事の作業員　［人民とポドウラを示しながら］彼らは、注意されるために、そこにいるのかしら？

煉瓦職人　劇場の奴め、――［労働者に向かって］おまえさんたちは、西ベルリンにいたのか？
道路工事の作業員　人民が、あちらで射撃練習をしていたが。
大工　大臣は、名前は何だったけ？　自分で言ってはいたが。……
道路工事の作業員　それは、すでに書き写してあるよ。
大工　誰でも、思慮深くない行動に、走ってはならないのだ。
道路工事の作業員　俺は言った、すでに書き写した、と。
大工　彼は言った、あのヤコブがそこにいる、と。

【第二場】

リットヘンナー右から登場。

ポドウラ　書記長に新しいことがあるのだろうか？
リットヘンナー　彼は帰宅し、ロキングチェアに座っている。
ポドウラ　〔書記長は、快適な生活をしているなー〕うらやましいよ。
リットヘンナー　彼は上機嫌だった。閣下は、オルガンの前に座って、演奏していたよ。閣下の有名な忍耐と根気はどこにいったのだろうか？　閣下は何も知らないし、何も証明されていない。先入観にとらわれろ！　この頑固者！

ポドウラ　そして？　書記長は、自分の非を認め、後悔するのか？

リットヘンナー　演劇論、あるいは、ドラマを舞台向きにアレンジすること、あるいは台本選定から上演までの文芸サイドの一切の仕事にあたる文芸部が来る時、文芸部は。……

ポドウラ　何？　どうしたの？

リットヘンナー　……葉巻の後ろには、「良きもの」が隠されている、と言われる。そして、小声で、「俺は、まったく反対のことを、証明してみせよう。しかしながら、どうぞ……どうぞ……人民は秘密をしゃべってしまうのだ。しかし、われわれには何の得にはならないんだ。」

ポドウラ　われわれは、できる限りの対策を講じねばなるまい。

リットヘンナー　そして終わりには、教訓的な内容のたとえ話によって、丸め込まれてしまうのだ。つまり、お聞きなさい。待て、虎が、座っている左派理論家を喰らおうとしている。

ポドウラ　その理論家は、次のように言った。虎よ、待ってくれ、私が立ち上がって、蜂起するまで？

リットヘンナー　座りながら、その理論家は、虎に向かって、行動を起こす前、おまえの歯の数を教えてくれたまえ、そしてどのようなシステムに生えているかを、また、おまえの跳躍する際の足の関節が如何なる美学にもとづいているかも、教えてね。

ポドウラ　ほんのいっ時の間でも、虎はその理論家の言葉に耳を傾けるのかね？

リットヘンナー　長いことあれこれ思い悩んだ虎は、答えに窮して困ったのである。

ポドウラ　しまいには、その虎は、悩みながら、すごすごと忍び足でその場をたち去った。

リットヘンナー　間違いだ！　虎は理論家を、理論的根拠なしで、食らってしまったのである。

ポドウラ　おまえさんは嘘つきではないの！

リットヘンナー　真実のことを言うと、虎は、理論家の後を追いかけて、自身の無知を恥ずかしく思った、とさ。

ポドウラ　ところで、こうした道徳性を、書記長は自身への教訓として書き留めたのだろうか？

リットヘンナー　［労働者たちに向かって］書記長は考え方を変えたようだ。そして彼が、今ここに来るとなると、秘密を漏らすかもしれぬ。人民が知っていることや、考えていること、そしてこれまで考えたことなどを、打ち明け、話すであろう。すべてを。ところで、書記長には、天気の様子が気がかりのようだ。また、私的なことも彼には気がかりだ。彼は、よく心得ている。家族が大事である、と。

左官職人　［内向的に］書記長の正しいことは、未来において流布されるであろう、という。
大工　そしてそのことは、人民にとって大事なことなのだ。［それを人民に示した］
道路工事の作業員　古代ローマのドタバタ喜劇じゃないの？　すべてカムフラージュを施されているのだよ。
大工　人民の中に、スパイが存在しないと、誰がわれわれに証明してくれるのでしょうか？
ルーフス　そして、煉瓦職人服を着た本当の煉瓦職人たちの中に、西ベルリンの諜報員、すなわちスパイが潜んでいないのか？
煉瓦職人　俺は前から思っていたが、奴は、少し頭がおかしいんだよ。同志よ、どこからか、おまえさんのことを歌っているが、聞こえるかね？
ポドウラ　人々は理性的だなあ！
煉瓦職人　カールスホルストへ、あるいは、私的に、先が尖った口髭を蓄えた人物のところへ？
フラウス　金を貰って雇われた挑発者が存在するのか!?
煉瓦職人　ならず者たちのボスで！　食客のような奴だよ！
ポドウラ　もうやめろ！
大工　政治好きな人なんだ！

ポドウラ　俺はもう一度言う、やめろ！

大工　頭がどうかして、意地悪なことをする装置なんだよ！

ルーフス　この奴が討論しようとしないなら、そいつをどこかに叩き出せ。

道路工事の作業員　ここで叩き出されたら、われわれは、おまえさんたちもここから叩き出すぞう！

リットヘンナー　自発的な言動ではないな！

大工　仕事を始めよう、われわれが密告される前に。

［大工と道路工事の作業員、そして煉瓦職人とルーフスとフラヴスは、取っ組み合いをしたのである。残った労働者たちと人民は、意見の相違を調整しようと試みた］

石材運搬業者　われわれは、挑発してはだめだ。われわれの敵は、ほかのところで、座っているのだ。

ブレンヌス　おまえさんの人々を押しとどめるよ！

左官職人　中止せよ！　人民よ、聞こえるか！　中止せよ！

塗装職人　われわれは、協議し決定した、無法な行為をしないことを。

ポドウラ　それが無法な行為であるとすると、理論家の理論は間違いに決まっているよ。

［党書記長は、ヴォルムニアとエルウィンの後をついて行き、左手から登場する］

【第三場】

党書記長　吾輩は、それを階級闘争と名づける！　人民とプロレタリアは、／野蛮な結婚、協約をしたのだ。

エルウィン　その際、例としてスターリンの肖像画が挙げられよう。〔そして殴り掴み合いなどは、始まるだろうが、そのうち消えてなくなるに決まっているのだ〕

党書記長　〔労働者たちの間に跳躍し、彼らの心をとらえた〕そして、粗野な男たちをここで、／二回ほど打って、殴って、叩いてしまえ、また、逮捕するのだ。

そして、汗ばみ、その舌を抜いてやれ、／それで、見ての通り屈服させてやるのだ。

煉瓦職人たちよ、白いパンや白いワインを提供するが、白旗を揚げろ！　また、袖とズボンの脚部、／人民のルンペンたち、機械の修繕と衣服の繕う等々が増加したのだ。

膝と前腕と親指とが上にあって押しつけられて、／そのため首と腰とが／ほとんど折れてしまったのだ。

そして、周囲を、犬の鳴き声だけで、シーンと静寂が支配し、主の祈りも長く続き、／立像のように、そして、まったく〔ギリシア神話：トロイアの戦いで、ギリシア軍の木馬の計を見破って海蛇に絞め殺されたトロイアの神官〕ラオコーンのように！――

ああ、おまえさんたちを銅像として鋳造したいものだ。／それを基壇の上に設置するのだ、その上に銘文を釘で整然と打ちつけるのだよ、／恐れない痛みと、／今、社会主義？　彼は、何をしているのか？――彼は、勝利した！――

よろしい。休息せよ、人民とプロレタリアよ！

そして、反乱の試みを言の葉で報告せよ、また報道せよ！

［今までのグループは、解散するのだ］

煉瓦職人　［左官職人に向かって］しかし、おまえさんが始めるのだ。

左官職人　［党書記長に向かって］閣下の責任だぞ。スターリンの並木通りでは、空中の空気は、もう長い間、熱いのであるが、――俺の三人の子供たちは、電気の専門学の学生になったのである。

党書記長　［興味を抱いて］おまえさんたちの名前を言え。

煉瓦職人　［出しゃばって］人民は、反乱の試み行為など、何もしないのだ。

党書記長　［友好的に］何故に人民を、おまえさんたちの前に、座らせないのか！　七時半から、いつまでも足で立っているのだぞ。

［労働者たちを、階段の踊り場で、並んで座らせせよ。座ることができるならば］

塗装職人　これをもって、われわれは、正しいのだ。われわれは、四十住棟ブロックにおいて、行動者たちが、以前の代理人であったのだ。俺を、学び直してくれたまえ。俺は十九歳である。

煉瓦職人　俺は、二十二歳である。俺は、兵士として戦争に加わったことがあった。――人民は、慎重に検討し、共和国の逃亡者が、所有物、財産の返納を訴えたが、その訴えは取り下げられたのだ。また、ほとんどと言っていいが、あらゆるもの、例えばジャガイモから、安全針まで、いまだに、管理統制されているのだ。

左官職人　しかしながら、政府の抑圧は、だいぶ弱まったようだな、教会への圧力も。そう妻が言っていた。――われわれは福音主義者だよ。

煉瓦職人　その代わりに、政府はビールの税金のパーセントを下げた。ところが、各地でノルマ・基準労働量をどんどん上げたのだ。――われわれも、福音主義者だよ。

塗装職人　その通り、同じ意見だ。――政府の共産党中央委員会では、ノルマ・基準労働量については、白か、黒かの協議をしているとの、われわれの労働組合新聞に報道がある。〔黒すなわち、ノルマを上げるのには〕われわれは、反対だ。――戦争では、俺たちは、フランスやバルカン半島の諸国、それにウクライナと一緒に組んで戦いぬいたものだ。

煉瓦職人　ということは、労働者たちは、急いで職場に行かねばならないぞ、ノルマが待っているのだ。それも自由意志で、すぐに職場に！

左官職人　スターリン並木通りでは、ビール等々の税率は十パーセントだぜ。

大工　違う、違うよ、あらゆるところで、その税率だぜ！——俺は、機甲歩兵隊員だったのだ。ろくでなし、敗戦後、五年間のシベリア収容所送りだったのだぜ！　三年前に帰国できたのだが。

党書記長　そうだ、おまえさんたちも、シベリア行きになるぞ！

左官職人　今は、九時十五分だが、俺は、シベリアのデムヤンスクの収容所に送られたが、生き延びることができたのだよ。後には、クーアランドの軍隊に入隊したのだぜ。

煉瓦職人　われわれは、住棟ブロック住人百二十人。ノルマを果たした。二の腕の射撃によって、「冷凍肉勲章」を授与された。〔ユーモア〕

塗装職人　われわれは、住棟ブロックC南。

左官職人　ほかの住棟ブロックにも、約千五百人。

塗装職人　人民はシュプレッヒコールを行っていますよ。

　すなわち、おまえさんたちは列になって、俺たちは欲する。／自由な人間でありたい、と。

大工　後になって、煉瓦職人がいない時、われわれは、シュプレッヒコールを少し変えたのである。

　ベルリン人よ、列になって行進しつつ、／われわれは、自由な人間でありたい！

道路工事の作業員　あらゆる人々、主婦たちでさえもが行進している。

大工　青黒い人民警察は、静かな態度をしていた。

市街電車の乗務員　そして、われわれも言ったのである。流血の惨事にならないように、注意せよ！

労働者たち　〔互いに〕今のところ、人民には血は流れていない。俺には、三回ほど血が流れている。一回目は、肺部の盲管銃創によって、血が流れたのであった。そして、われわれがシベリアのデムヤンスクの収容所に送られた時、血が流れた。二日間、中隊で静養した。俺は、おまえさんたちに言う。誘導路を通じてスモレンスクへ。また、クルスクあたりで、泥まみれとなったのである。そしてようやく、クバンの橋頭堡に到着したのであった。だが、皆それぞれ腹に弾丸を撃ち込まれたのであった。エエエ――リカは、二、三、四度、と絶叫した。

党書記長　ルーフス、ヴァッロ、コクトール、フラウス、ブレンヌスよ。――〔イタリア中部ラテイムに居住した古代民族である〕ウォルスキー人の戦争後の情景は如何か！

〔壇上には人民が、労働者たちに向かって、立っている〕

ルーフス　今、書記長は、執政官だろう？

ブレンヌス　われわれが、協議して、そのように選んだのだ。

フラウス　その際には、彼は古傷をわれわれに見せなかったよな。

コクトール　法律がそう規定しているのだからさ。

ヴァッロ　われわれは、あの協議の上での選んだことを取り消すべきではないだろうか。

ルーフス　反乱か？

ブレンヌス　コリオラヌスに対しては、反対だ、常にそうだ。

ルーフス　それで武装してか？　もう充分だ。ここでは〔古代ローマの第五代の王〕タルクイニウスを追放することが重要だ。

ヴァッロ　コリオラヌスの場合では、槍と共に転落するような気持ちだった。しかしながら、勝利した。

コクトール　この欠けた指を、〔アルプス山脈中部に居住した古代イタリアの部族〕サビニ人に贈呈したことがあった。

ブレンヌス　ウォルスキー人の畑は、俺の血をまずそうに飲む、という。

フラヴス　アルバーノ山中において、俺は、長靴と、内容物一式を忘れてきてしまった。

ルーフス　アンテイウムの前で、われわれの〔古代ローマの〕部隊が、コンドルと禿鷹を肥育し、太らせた、という。

ヴァッロ　〔皇帝ネロが別荘を所有していた、またハドリアヌス帝もそれを譲り受けてそのアンティウム別荘で、休息や思索にふけった〕そのアンティウムの前で？　コリオラヌスの命で、われわれは塹壕において、多数の遺体を積み上げた。

ルーフス　なあ、誰が何を言ったのか？　遺体を積み上げた、だと。そして、われわれは武装するべきだと？

党書記長　古代ローマにおいて、兵役を終えたヴェテランたちが雑談するが、二つのグループになって、一つの教訓に従う、すなわち、／もう射撃するのではなく、／われわれは、自由のみを求めているのだ、そして、血が流れることがない、と。

左官職人　勿論そうだ！――しかしながら、われわれは、すべてを提供することはできません。一市民として、彼らの物と一緒にわれわれを、写真に撮りましょう。撮ったフィルムは、市民に引き渡すことにしましょう。

党書記長　労働者たちが、抗議する間は、／写真を撮ってはならぬ。

標識板に、このような危険な賢さを書き写し、読めるように告示せよ。

ヴォルムニア　閣下の方法は、ものすごい方法のことですわ。

煉瓦職人　大学で同じようにスクリーンを下げる。インテリさんよ！――連帯だよ！　われわれは、呼びかけたのだ。シュプレッヒコールで。われわれは、ここでは一文無しだ。

党書記長　［小声で、強調して］控えめな学生たちは、おそらく緊張して、ペトログラード在住の同志宛ての、レーニンの幾つかの書簡についての講義を聴いていることであろう、その内容は、反乱の試みは、戦争であって、レーニンは一つの芸術であると、マルクスは証明している。

エルウィン　このような学生らしい控えめな態度では、国民の精神を高揚させることは、論外であり、無理であろう。

煉瓦職人　われわれは、外で盲目の牛のように演ずると、学生は考えるようだ。約三千人の男たちが！

大工　彼らは、政府の建物の前に、ちょうど到着した。……

石材運搬業者　その建物は、以前、帝国航空省であったところだな。……

大工　……そこでは、伸縮扉ですぐさま閉鎖されたのだが、われわれ、六千人の男たちは、大声で叫んだ。現共産党書記長ウルブリヒト！　政府の高官グロウテヴォール！　と。

道路工事の作業員　しかしながら、誰も出てこなかった、二人の当人とも出て来なかったのであった。

市街電車の乗務員　天空の太陽の強い光線が、われわれの肌をじりじりと刺すようだった！

大工　およそ八千人の男たちの一部分が、当人たちが姿を見せるまで、以前小川が流れていたが、今は土手になっているが、その土手に腰を下ろしていた。

機械技術者　彼らの一部は、重工業に従事している人たちだ。

塗装職人　そのうちの一人は、机を脇に抱え、一人の大学教授を連れてきた。その教授は机の上に立とうとしたが、何人かが、手助けしなければならなかった。［その後、教授は壇上に立とうとしたが、この場合でも労働者が彼を支えてやらねばならなかった］〔教授は言う〕諸君たちよ！　と。［労

働者たちは微笑む〕

道路工事の作業員　われわれは、諸君ではないのだぜ。

大工　その通りだぜ。

塗装職人　彼らと同じで、俺も労働者だ。〔他の労働者たちは、口笛を鳴らす〕

煉瓦職人　労働者は、裏切り者だぜ！

塗装職人　その労働者は、自分の両手を見せ、俺の両手をよく見ろ、と大声で叫ぶ。

煉瓦職人、道路工事の作業員、大工たち　手は脂っこいぞ！　脂性だな！

大工　彼らは、あまりにも脂性だな！

市街電車の乗務員　それに、強い太陽光線が、彼の脂ぎった両手を照らし出している。〔塗装職人は、演壇の上で立っている〕

大工　さて、われわれは、新しいシュプレッヒコールを案出しようとしたのだ。つまり、労働者たちの政府の圧政からの解放は、彼らの仕事に関してのみ、つまり過剰ノルマや労働賃金、それに労働環境等々についてなのだ、おおよそ、そう言えよう。

機械技術者　しかしながら、〔新たなシュプレッヒコールについてだが〕それがマルクスの思想からなのか、レーニンの思想からか、あるいは、もしかすると、スターリンからか、どちらなのかわれわれは、意見の一致が見られないでいるのだ。

塗装職人　では、マルクスの思想からに、なるんじゃないか、そうだろうと思うよ。

道路工事の作業員　それにしても、マイクロフォンが手もとにないんだが。

左官職人　シュプレッヒコールはスターリン並木通りでやればいいんじゃないか、それも深夜、人々の耳に届くような拡声器を用いて。

道路工事の作業員　それなら、持ってきたよ。

機械技術者　俺はいつも言っているよ。おまえさんたち、小型の拡声器を、いつも小脇に抱えていろ、と。

党書記長　吾輩たちも、前から持っていたぞ。それも同じぐらいの奴をな。彼らは、シェイクスピアや〔古代ローマの〕人民のように嘆き悲しむであろう。

ヴォルムニア　閣下もすぐに嘆き悲しむことでしょう。私も、かつて、嘆き悲しんだことがありますわ。閣下、貴方もこの世界の人ですわ！

党書記長　吾輩は、この彼らの反乱の試みは夢のようで、現実味がないと思うが？

煉瓦職人　〔左官職人を軽く突っついて〕われわれは、日曜日になってもここにいるのか？

左官職人　しかしながら、われわれの知り合いのハンネは机の上にあがった。〔塗装職人に合図して、

石材運搬業者を演壇に上がるのを手助けする〕

煉瓦職人　〔大工に向かって〕時間になったぜ。

石材運搬業者　俺は、住棟ブロックC南に住む石材運搬業者だ。

塗装職人　上半身裸で、同じ男にそろそろと風邪薬の錠剤を、それと大学教授にも。

石材運搬業者　われわれは、足場の上によじ登ろうとしなかった、というのは、再びオイルサーディン〔油づけの鰯〕が不足していたからである。いずれもの量の空気ポンプがあるが、自転車のタイヤが無くては、文句を言う人は多いだろう。例えば、灼熱の中で、われわれが立っているのを、おまえが見るとすると、高く設定されたノルマ・基準労働量と低い税率のアルコール……〔政府のろくでなし、もうこんな話はやめよう！〕

煉瓦職人と大工　〔いやいや、声を大にして主張しなきゃー！〕シュナップス〔アルコール分の強い蒸留酒〕や味の薄いビールも不足しているよ、／〔政府の高官である〕グロウテヴォールさん、感謝してますよ！〔皮肉〕

石材運搬業者　おまえさん、そうではないぜ。おまえさんがここで見ているのは人民による反乱の試みだよ。俺が以前に言ったじゃないか！

左官職人　われわれは、政府閣僚の総辞職を要求したし、自由な選挙をも要求したのだ。

煉瓦職人　ゼ‐ネ‐ラル‐ストライキを宣言したぞ！

石材運搬業者　だから、われわれはここに駈けつけてきたのだ。というのは、もうすでに放送局を占拠したからである。
フラウス　あちらの西ベルリンはどうなっているの？
ルーフス　扇動者たちが人民をそう説得、扇動したのだよ！
市街電車の乗務員　馬鹿馬鹿しい！　ロシア人がわれわれをこの場に送ったのに、アメリカ人たちは、一時そう考えたとしても、そうしなかったのだぞ。
ブレンヌス　その通りだ！　食堂で、西ベルリンの報道を聞いた。また、労働組合の誰かが、放送局から何度も人民を扇動していたよ。
煉瓦職人　それは、シャルノヴスキーかな？
石材運搬業者　しかし、ゼネラル・ストライキへの扇動放送はリアス〔西ベルリンのアメリカ占領地区放送局〕においては、彼でも許されていないはずだぜ、内政干渉の疑いがあるからだ。彼らは、そのように言っている。
ブレンヌス　ありがとう。俺に代わって言ってもらって。
塗装職人　われわれは、そのために、ここに来たのだ。
煉瓦職人　その通りだよ！
機械技術者　それにまた、予報通り、われわれを元気づけるような雨が降り始めた。

市街電車の乗務員　おかげさまで、われわれは、びしょ濡れになってしまったぜ。うまそうなバターを塗りたぐったパンも、びしょ濡れだぜ！

フラヴス　本降りになって、濡れねずみになるであろうな！

ルーフス　そうしたら？　そうしたらどうなるの？［労働者たちの答えはなかった］

党書記長　吾輩は、ゼネラル・ストライキへの対策を含めて、あらゆることを考えねばなるまいな、リットヘンナー、ポドウラよ！　われわれのお客さんは、われわれが当たり前のことをすることを、期待してもよかろうぞ。乾いた靴や乾いた道具などの供給をする。ここでは死体を、如何なる者も、取りに行ってはならぬぞ。理性的であらねばならぬ。鼻風邪やインフルエンザでは世界を変革できないよ。われわれの場合では、空気は乾燥している。湿った衣服を吊るしておけ。

［舞台の上で横切る助手たちと、人民は舞台のロープをぴんと張る。そして、労働者たちは、上着を乾燥させるために吊るす］

ヴォルムニア　エルウィンさん、何か気がついたの？　労働者たちの社会福祉の香りがするようですわ。

エルウィン　救世軍の存在を、書記長は常に、貴重なものと思っていた。

ヴォルムニア　［書記長に向かって］閣下は、社会福祉事業に関心がなかったわけではないでしょうね？

党書記長　シェイクスピアの演劇に出てくるような雨続きの天候では、いずれにせよ、ぼんやりとした政府の基本方針などは、水に流されてしまうのが落ちであろう。

エルウィン　閣下は、その政府の基本方針に効果的に活用しようとするのでしょう。

党書記長　［ヴォルムニアに向かって］実務的に考えてみなさい。長雨中でのドイツの労働者たちによる反乱の試みを絵に描くように、想像してみなさい。［小声で］おまえさんには、天国においても思いつくまい。

ヴォルムニア　閣下は、何という哀れな美学者ですこと！

［リットヘンナーと幾人かの人民が、人民衣裳を労働者たちに分け与える］

労働者たちから、セリフのない端役を登場させたのですね。／クッキーを焼きながら、それを口いっぱいに頰張って。

書記長、閣下のこれからの仕事は、何でしょう？〔私たち〕お友達でしょう。聞かせて下さいよ。ほかでちょっと聞いたことがありますが、私はそれを小声で言います。／今日から、社会主義を樹立することですね、／私たちも同じことを願いたいのですわ。閣下も、私も、／いずれの煉瓦職人も、旋盤工、機械技術者よ、／おまえさんは一緒に行動しなければ、おまえさんは裏切り者と言われますわよ。

エルウィン　西ベルリンを単に模倣する以前に、／スターリンの肖像画を訂正することは、おまえの義務なのだ。

ヴォルムニア　ここに証人たちが立っておりますわ。

党書記長　［コリオラヌスの人形を示して］吾輩は、コリオラヌスを買収すべきか?

そして、フォルム〔古代ローマで市民の集会や裁判が行われた公共広場〕で、あの物乞いした奴か。／「人民の前で、自分がしたことを自慢の種にした奴だ。……」——／そらとぼけた気分で彼に花嫁を渡すべきだろうか、／他方、吾輩が、花嫁候補の役を演ずるべきか。／まあ、彼女がキリストの母、マリアのように、純潔であるかどうか、また、けちん坊ではないか、観察してみよう?

［花嫁役を演ずる］これが吾輩だ。純潔であるのだ。

花嫁は、少女の時から社会主義のために／戦い続け、正義を重んじてきた!

吾輩も青春時代から、戦い続けてきたのだぞ!

この社会主義という含蓄のある言葉、それに、この霊感のひらめき、／花嫁は、これらを光輝かせたのである、だが、暗くなったのでもあった!

あらゆる世界を、輝かせる。これが、吾輩がしたことだ。

そして、襲撃され、叱責され、罵られ、／政治的に迫害され、死ねと脅迫されたのだぞ！

そうだ、そんなことが吾輩に、百回も起こったのだぞ。

彼女の大声を、煙草を吸いかけてすぐもみ消しながら、／ここ、古代ローマのフォルムに？　そこで、集めようではないかしら！　［コリオラヌスの人形に向かって］小さなお友だちさん、話してよ！

［引用して］「切り傷を治療したことを示すが、私は、それを隠すべきであったのですが。……」

［舞台上に向かって］コワルスキーよ、ほのかな光を照らしてくれたまえ。

［労働者たちの間で］ああ、親愛なる者よ！　同志よ、友よ。

おまえさんは、大胆な煉瓦職人だよ、誇り高い道路工事の作業員よ、おまえさんは！

平民よ、人民よ。プロレタリアよ。

おまえさんたちが、長靴をはいて、帰宅すれば、／吾輩は、約束・誓いを守ろう。そうしておくれ。／闘争心など思い込まないで。吾輩には、功績があるのだよ！

煉瓦職人　［びっくり仰天して］閣下、奴は頭がおかしいのだ。

［書記長は笑う。他の労働者たちは、仕事をする気になっている。大笑い声が周囲に響いた］

党書記長　［ヴォルムニアとエルウィンに向かって］それで話しをするべきか？　裸体で、泣きだしそうで、／愛された気分で。それは私ですね?

ヴォルムニア　［あきらめて、エルウィンに向かって］カフェは?

エルウィン　哲学者ヘーゲルを回想するが。

［何も身震いすることなしに、うなずいて、ヴォルムニアは、右側の執務机に座って、ネスカフェのための水を沸かす］

ヴォルムニア　数年前から、私は、〔市中の情報を集める〕書記長の耳役を仰せつかっておりますの。今日に限って、私は、閣下を、母親のように面倒を見てますわ。［彼女は座る］

エルウィン　〔そらまあ、だらしない!〕書記長は、子供っぽく振る舞っているぞ!

党書記長　ものおじしつつ、恐る恐る芝生を踏み鳴らすような反乱分子たちは、吾輩は大嫌いだ!

エルウィン　書記長は、常に芝生のことを考えておられるようですが、例えば、人民が不満を爆発させつつ芝生を踏み鳴らして、芝生を平らにしようとするが、――芝生は維持されるでしょうか? ところで、閣下の劇場の精彩と名声は失われることがあるのでしょうか? そうでなければ、劇場の座席という座席は、人民のジャガイモをゆでるための薪《たきぎ》になってしまうかもしれませんな。また、鉄のカーテンが敷かれると、東側の共産主義圏諸国、東ドイツ、東ベルリンも政治的閉鎖主義によって、デモクラシーは衰退の道を辿りつつあるのですな。ところで、舞台技術は大事なもので、登場者のやる気を起こさせ、反乱の試みの人民の群れが芝生を踏み鳴らすようですな。

ヴォルムニア　あの人たちは、草原と閣下の劇場とを区別することができるのかしら？

エルウィン　彼らは、盲目なのですよ。たとえ見えるとしても、書記長の劇場とか、彼らが、青緑色の芝生に魅了されるのを見るだけのようだ。

党書記長　人民は芝生を慈しみ、市中において、てくてく、ちょこちょこ歩き、大詩人シラーやヘルダーリンの感動的な詩行を詠じながら、足の指先から爪先まで眺めまわす、――それほどこの行進は面白可笑しいのであって、われわれにとっても価値あるものだよ。〔紀元前五世紀、ローマから追放され、その後、ウォルスキー人を率いてローマに攻め上がった〕コリオラヌスについて、劇作が書かれたことがあった。しかしながら、われわれが表明してはならないことは、明白であって、反乱分子たちが不満を爆発させていることである。〔左官職人に向かって〕おまえさん、吾輩のところに来て、われわれに、何をしてほしいか言いなさい。よろしい、おまえさんたちの助けをかりて、おまえさんたちに役立つことをしよう。今、人民が、市中で何をしているのかを教えてあげよう。そこの裏通りでは、行進が続いている。人民は、いろいろな要求が掲げられた平板を両手で持ち上げ、社会的秩序を要求し、そして、暴動にて、血が流されることを否定している。〔人民に向かって〕おまえさんたちに、提案のテクストを書き上げた。リットヘンナーよ、それを、人民に見せてくれたまえ。そして〔左官職人に向かって〕重要なことは、おまえさんたちのシュプレッヒコールの内容だ。今日、何が問題となっているかを、当然のこと、理解しているであろうな、――では、お互いに喧嘩はやめようではないか。〔リットヘンナーは、人民と労働者たちと共に退場する。書記長はポドウラに近づいて合図する〕ポドウラよ、反乱分子たちを、困難な状況に陥れようではないか。ここに芝生――あちらに芝生――こちらに芝生その上に印をつけよう。〔上に向かって、叫ぶ〕光を、――日曜日の光を！

ポドウラ　書記長！――今日は水曜日ですが。〔彼は退場する〕

【第四場】

ヴォルムニア　〔コーヒーを注ぐ。書記長に向かって〕閣下もコーヒーを飲むかしら？

党書記長　それでもって、ようやく吾輩がイエスと言ったんだなあ、イエス、と。

ヴォルムニア　閣下は未だにコーヒーは、砂糖なしのブラックですね！

エルウィン　書記長は、変わることができるかもしれない。

ヴォルムニア　書記長には、そら豆を嚙んでいた時代があったわ。

党書記長　ところで、この週末に、シュトゥットガルトのチームとカイザースラウテルンのチームのサッカーの試合があるようだ。そのようにして、話をそらす。

ヴォルムニア　何の話？　何の話かしら？　書記長は、再度、女友達を替えねばなりませんわ！　違った髪の色。そして、思いつきが良い女を。
党書記長　おまえさん、吾輩に一杯のカフェをサービスしてくれるのではなかったっけ？
ヴォルムニア　そうだ！［書記長にグラスを渡す。彼はビールをうまそうに飲み、満足したようだ］
党書記長　われわれは、一箱分のビールを注文せねばならんのう。聞いているか、エルウィン？
エルウィン　では、書記長は、人民にもバターを塗りたくったオープンサンドを贈呈すればよい。
［背景において、ポドウラが幾人かの舞台技術者の助けによって、芝生に印をつける］
党書記長　その通り、労働者たちの食堂で、反乱を企てるビラを見たのだ。そして全世界は見たのだ。吾輩は、それに署名した！
［彼は、ビラに署名し、それをポドウラに渡す。ポドウラはそのビラを脇に抱え、退場する。ヴォルムニアは書記長にくっつきそうに接近する］
ヴォルムニア　それで、すべてかしら？
党書記長　おまえさんは、もっとたくさん持っているの？
吾輩は、すべてを放棄した。石が自然に転がれば、／誰が、石を転がそうとするのだろうか？
ヴォルムニア　貴方は、今日それを言ったのよ。思い出すことがあるわ。

私は当時、貴方をどん底の境遇から拾い上げたのよ！

党書記長　そこは、とても住み心地がよかったなあ。美しい白馬の騎士が空に舞っているようであった。／ところで、ドレスデンでの暴動を、覚えているかい？

あれは、パウレと一緒の時代であったけ。……

ヴォルムニア　貴方は頭が混乱していても、ある計画に執着していたわ。／半分餓死状態で、無に魅せられて。／不幸の中で、目的もなく船を漕いでいたのですわ。……

党書記長　吾輩の針路は正しかった。だが、コンパス・羅針盤は間違っていた。

ヴォルムニア　エルウィンさん、どちらが東かしら、――あっち？

［両指で、両方向を示す］

書記長の針路は正しかったが、私たちのコンパスが間違っていたのだわ。

閣下は詩人ですわ。

党書記長　硬固な架構バリケードがあるぞ！

ヴォルムニア　ある夫人が主催する文学サロンに、しばしば顔を出すマルキストが存在する。

党書記長　おまえさんは、小銃を持った女だなあ！

ヴォルムニア　私は、貴方を小銃でもって、殺せるのよ。

党書記長　吾輩だって、おまえさんを十回ほど、殺せるよ。

ヴォルムニア　さあ、やってごらんなさいまし。何を用いてかしら？　何を用いてよ？〔男性に対する親愛の情を表して〕

私の小鳩ちゃん？

党書記長　こんちくしょう！　親愛なるおまえさん！

ヴォルムニア　お友達よ。

党書記長　同志だぜ！

［二人は、抱き合い、周囲に響くほど笑い合った］

エルウィン　書記長の家族の事績、由来を記して建築物の壁に嵌めこんだ記念碑ですね！　閣下は、いつも私を楽しくさせています。

［彼は笑う］

【第五場】

ポドウラは帰還し、音声録音機のそばに座っている。左手からリットヘンナーが登場する。彼に従って、「血は流さない」、「写真機で撮影しない」、「社会秩序を守る」、それに「芝生を慈しむ」というプレートを持った人民が登場し、いろいろな要求などを提出する。そして労働者たちが、横断幕「ノルマ・基準労働量を下げろ」、「尖った髭は退陣せよ」と共に登場する。人民は行進を始め、芝生の間の場面で、頭が混乱してくる。

リットヘンナー 今日、われわれの都市〔東ベルリン〕において、／前党書記長ウルブリヒトに対する反乱が起こった。

労働者たち 東ベルリン人たちは、一列に並べ、／われわれは自由な人間でありたい。

リットヘンナー ある写真家が、／労働者たちの顔を、露出計を用いて撮影した。

人民合唱団 ［歌いながら］ところで、労働者たちは抗議している。労働者たちを／写真に撮ることは禁止だよ。

労働者たち 東ベルリン人たちは、一列に並べ、／われわれは、自由な人間でありたい。

リットヘンナー 厳格な人民が目を覚ますと、／華麗なる花も、悩まされない。

人民の合唱団 ［歌いながら］だから、反乱分子たちは、／市中の芝生を踏みならさない。

労働者たち 東ベルリン人たちよ、一列に並べ。……

煉瓦職人 ［反乱を勃発させ、横断幕を脇に抱え］芝生、芝生、俺は、いつも芝生の音を聞いているぜ！ ベルリン市中には、芝生は存在しない。すべての土地は、ステップ化した。いまだもって、戦争による瓦礫の山だ。その間では、雑草がはびこっている。われわれは、意のままに操られる体操人形ではないぞ！　ここ市中では、芝生も灰化させられよう、郊外では、芝生を慈しみたい。

［党書記長に向かって］閣下。……おまえさん。……

大工　書記長に、それを言えよ。

煉瓦職人　俺は、閣下に言うぜ、おまえさんは。……

道路工事の作業員　一度は、書記長に、誰かがヴァイオリン協奏曲を聞かせばなるまい。

煉瓦職人　書記長、自分が誰なのかご存知でしょうか？

石材運搬業者　書記長の耳は離れ落ちて、不評を買うようになったのかも。

煉瓦職人　党書記長、おまえさん、おまえさんは、卑劣で、策略家で、ずる賢く、狡猾で、抜け目ない、そして、とても卑劣な人間だ、おまえさんは、俺はもっと言うぞ。……

党書記長　［落ち着いて、平静に］吾輩の耳が離れ落ちても、吾輩は、労働者たちの裏切り者であるぞ！　そうであろうな？　［ポドウラに向かって］おそらく、人民が模範的に、いろいろな要求やノルマ・基準労働量、そしてジャガイモの価格などへの関心が大いに高まりつつあることを、われわれは、再度、聞いたであろうな？　吾輩のことを、「卑劣な人間であろうな」と、繰り返し言ったが、彼ら人民には、よくよく注意せねばならんのう。

ポドウラ　芝生について述べられましたが、そのお言葉を脇に抱えていきますか？

党書記長　きっかけのセリフは、意のままに操られる体操人形であるぞ。

［音声録音機が、セットされる］

われわれは、意のままに操られる体操人形ではないのだ。われわれにとって、ここ市中では、芝生と一緒に灰化する運命にあるのだ。また、郊外では？　おまえさん。……おまえさん。……それを、彼に言いたまえ。吾輩は、おまえさんに言う。……一度、誰かが、彼にヴァイオリン協奏曲を、聞かせねばなるまいな。おまえさん、自分が誰なのか、ご存知でしょうか？　書記長の耳は離れ落ちて、不評を買うことになるかも。書記長、おまえさんは、まったく卑劣で、策略家で、狡猾で、抜け目なく、そして、卑劣な人間であるであるぞ。と、吾輩は言うのだ。……吾輩の耳が離れ落ちても吾輩は、労働者たちの裏切り者だ。そうだろう？

党書記長　［音声録音機をストップさせた］

重要なことは、熟練した手の操作であって、二重構造にすることだ。それはどうやって――発見されたものを、試すことだ。そして、できれば、改良することであろう――追加として「まったく卑劣な」、そして、それも「狡猾な」と「抜け目ない」との間に？

ポドウラ　書記長、貴方は、まったく卑劣で、策略家で、狡猾で、抜け目なく、まったく卑劣で、抜け目なく、まったく卑劣な男だぜ。……

煉瓦職人　［ポドウラに向かって］立派な口ひげを生やした奴、今度は［書記長に向かって］貴方は、まったく卑劣な与太者だ！

大工　それは、貴方、書記長だぞ。

煉瓦職人　与太者だ、それもまったく卑劣な男だよ。

リットヘンナー　それは、そうとも言えませんな、書記長。

党書記長　残念ながら、そうかな？　またも、「労働者たちの裏切り者」という表現は、いろいろな要求、ノルマ・基準労働量、ジャガイモの価格、ビールの価格への関心を高め、「与太者」と言った似つかわしい侮辱されるのだよ。両方とも、吾輩には、当たっていないぞ！　この侮辱の言葉は、武器でもあるのだ。おまえさんたちの敵は、武器を持ち歩いているのだぞ、それも技量が卓越し、数百年以来も。すなわち、おまえさんたちの敵から学んだのだぞ。［ここで、コリオラヌス人形が示される］

ここで、政府の防衛隊が人民と衝突するやいなや、／大声で防衛隊を誹謗・中傷することだった。犬たちに合図したら、反乱に加わった悪党たちであった。

彼らには皮膚に痒みがあって、らい病になっていた。

人民は、彼らにとって、鼠ではないかしら？

大工　それから、俺は何を学べるかなあ、自問するのであった。

党書記長　何だ？　犬どもか？　それとも鼠たちか？　それらを、あんたさんたちに差し上げようかなあ。

大工　俺たちには、目下、いろいろ支給されているよ。——犬や鼠はごめんこうむる！〔マルクス・レーニンさん！〕ここで——書記長！　おまえさんは何かを学びたいのでしょうか？　反乱分子たちの名簿を／部下に命じて、つくらせるのでしょう。だが、誰もが袖を引いて、人民と労働者たちに注意を促すことでしょう。

まずは、階級闘争の敵が問題であり、それから、西側諸国、西ドイツと西ベルリンの諜報員・スパイが問題である。

塗装職人　オポチュニスト・日和見主義者という言葉は、最近生まれた言の葉であるのだ。

大工　ファシストだ、その臭いがする。たまらない、その悪臭を消してよ。

市街電車の乗務員　俺はそれを分かる前に、一度、ファシストの一員であったことがある。そして叱責されたのだ、客‐観‐主義者だ、と。

塗装職人　それでまだ存在する、あっさり降参してしまう人。

石材運搬業者　そして、未来と過去、今の状況、世界の状況、遠くのことなどを見渡せない人々は、今も昔も存在するのだ。また、東ドイツの経済的発展などの将来性を見渡せない人々も存在するのだ。

塗装職人　修正主義者！　サボタージュをする人！

反動分子！

煉瓦職人　今日、われわれは、おまえさんも必ず行くであろう、／挑発者として、また、プーチンの大国主義者〔隣国ウクライナの領土の占領を目論見つつある〕として。……

左官職人　弱体化派として、そして西側の人として。また、政府の路線に忠実ではない人として。

塗装職人　サボタージュする人の言葉と西側のスパイ・諜報員の言の葉とが／ミックスさせて、侮辱する言葉。造語として「サボゲント」つまり「サボスパイ」が生まれたのだ。

〔労働者たちは、大笑いをする〕

党書記長　おまえたちは正しい。鼠や犬——人は、その動物たちに慣れていくのだ。客観主義者？　降参者？　紙製の銃弾。誰もが遭遇したことがない抽象的な石。そして、おまえさんたちは、日常生活において、手でもって、掴もうとするものは何か？　では言おう、好きになった慣習として、毎日、ジャガイモを食べることか？——ジャガイモを喰らう人。おまえさんたち、ジャガイモを喰らう人たち！――あるいは、おまえさんたちに能力があったら、週末に、馬肉を食べるのだな。そうだ、おまえさんたちは週末に馬肉を食べるのだな。あるいは、終業後のアルバイトを列挙すると、兎の飼育者、ビールの大ジョッキを客に届け、もっと飲めと薦めるサービス業、あるいは、家庭農園の借り主とかが挙げられよう。だが、ビール好きの戦略家たちは、とても危険である。

［コサンケは、左手から登場する。党書記長が、邪魔された気分になる］

【第六場】

党書記長　また再び何があるのか？　反乱の試みか？

コサンケ　帝室の都市東ベルリン、政府の施策に対する反対の、反乱の試み！

左官職人　その奴らを、われわれはよく知っている！

コサンケ　鼠たちは、いよいよ好機が来たぞと思う！

ヴォルムニア　国民が誇る詩人ヘルダーリンやシラー。

エルウィン　貴女の同僚ですね。

コサンケ　あらゆる地下室の穴から、政府の施策に対する反乱の試みが見て取れよう、／これをわれわれは、未然に防がねばならないのだ。

塗装職人　彼は、尖った髭である書記長のメガホン、すなわち代弁者だ。

コサンケ　異論なし。

われわれは、書記長が必要なのだ。彼の名前、／彼の言の葉が、人民を助けることができるのだ。人民よ、書記長を、信頼してほしい、／すると、反乱分子の群れが、俺に口笛を吹いて野次を飛ばすのであった。

ヴォルムニア　反乱の試みのみならず、国家も／書記長の助けを求めているのですよ。如何なる権力が、／如何に獲得しようと努めた権力が、閣下が座るこの椅子に隠されていますのよ。

党書記長　照明技師よ、執務机の上に灯りをたのむ。

コサンケ　私は、バリケード構築するための石材の市場で、人民に話しかけたのですが、／比較的、丁寧な受けこたえでしたが、驚くことに、私に口笛を吹いて野次を飛ばしたのですよ。書記長！

党書記長　コサンケよ！　おまえさんの目を見せてくれたまえ、同志よ、／明らかに黄疸の兆候が見られるな。塩分を多くとってはだめだよ！

コサンケ　ただし、食事療法は、われわれにとって、いやな思いをさせられますな。ところで、書記長、人民がこちらにやって来ますよ！

彼らは、自由を要求し、扇動されていますな！

党書記長　自由を要求している者が、扇動されているのか？

コサンケ　彼らは、五、六本の円柱の間に行進していますよ。

党書記長　自由を要求する人民を、扇動せよ。

コサンケ　挑発者とプーチンの大国主義者！

　ファシストの犬どもめ！　西側のスパイめ！［労働者たちは笑いこける］

　人民は、文化会館を爆破するようだ。……

党書記長　敬意を表せよ、敬意を！

コサンケ　彼らは、五万人に達しますよ！

エルウィン　コサンケの著書刊行のお祝いに、そんなにも多くの読者が詰めかけてきたのか？

ヴォルムニア　それを、人は文学界での成功だというのかしら！

コサンケ　そんな面白いことではないな、書記長。拳骨で殴りかけねばなりませんな。／ものすごく厳しい言葉で脅しをかけねばなりませんよ！／われわれの文化会館においては、職員がたった三十人ほどですし、

　武器も備えていません！

エルウィン　たとえ詩人、小説家であっても、／人民である読者を撃たねばなるまい、引用文をつぶ

やく、／国民的女流歌手が、「バリケードを築け！　バリケードを築け！」／そして「友情を！

友情を！」祝おうではないか、と美しいソプラノで歌う、感動的な場面である！

コサンケ　［エルウィンに向かって］おまえさんの冗談はこれが最後だね。

エルウィン　その国民的女流歌手が大理石の彫刻作品となって、舞台に立っていればいいなあ！

コサンケ　人民は復讐をするだろう、歯には歯を。……

ヴォルムニア　コサンケはその女の彫刻作品をしげしげと、ほれぼれと眺めているうちに、／目に怪我をし、その目がかゆいと両指で、かいているわ。〔トラコーマになってしまうわよ〕

コサンケ　一緒に来たまえ、貴方の話術で、人民を引き留めてほしいんだ。

あんたさんは、話術にたけているし、ユーモアが溢れている。／行進している人民は全部で五万人、／それぞれ自身の家に帰るよう、／彼らを先導してほしいのだ。

党書記長　五万人の人民はさぞがっかりしたことでしょうな。／コサンケよ、おまえさんの著書の刊行をお祝いに、人民は裸体になって、喜びを表しているのだなあ。

吾輩の著書は、西側諸国の人たちが楽しく読んでいるが、／コサンケのウソが入っている著書は、東側諸国の住民が読んでいるという。

［彼は、体の向きを変える］

コサンケ　西側諸国の書物を手に入れたいものだ。
党書記長　誰がいまだもって、書物を欲しがるのであろうか？
コサンケ　書記長の家の家賃は、誰が支払うのですか？　誰がでしょうか？
党書記長　誰が？　吾輩から金を搾り取るのであろうか？　誰が？
　まずは、国の役人であろう。／その上で国であろうか？
　吾輩は、おまえさんたちの飼い牛ではないのだ。
コサンケ　誰が、貴方にある計画などに執着させ、忍耐力を増長させたのでしょうか？
　人民が現実主義と呼ぶ、形式主義を？
　それは、西側諸国、西ベルリンの人でしょうか？　あるいは、われわれでしょうか？
党書記長　われわれは、われわれの後援者に対して、如何に感謝したらよいのだろうか！
コサンケ　それは国でしょう。書記長の後援者は、われわれの国でしょう。
党書記長　吾輩が、どうしてこの国を忘れることができようか！
　この国の党書記長として、国のための仕事をすることは光栄であって、感謝せねばならない。
コサンケ　真実は。……
党書記長　それは具体的だ、反乱の試みが始まっている。

コサンケ　人民が、劇場の演出を尊重しなければ、／劇場での行為は、いかなることになるでしょうか？

党書記長　吾輩が言うことをよく聞け、ベッドの中で、愛欲がうずいて、行為したが、／産まれてくる赤子の洗礼は後にしたが、赤子は死んでしまって、／戦争と平和を試さねばならない、／そして兎狩りをしたり、サッカー試合を観戦したり、／混乱した反乱を試みねばなるまい、／それは偶然だ、しゃっくりが出て、魔法のトリック・魔法で人を欺く策略、／イエス・キリストは奇跡を試さねばならないし、／人民は反乱を試みねばなるまい。

例えば、人民は、不潔なことに怒り狂って、／結婚するのである。／人民は、バターを塗ったパンを包んだ紙を／街頭に投げ捨てないが、五万もの／文化会館と市庁舎は襲撃され、奪われたのだ、／そして、東ベルリンの図書館の／書物は読めるものであった。／「人民は、自分たちの街頭を清潔に保つ」／また、バターを塗ったパンの包み紙を街頭に捨てない。――

このような清潔な振る舞いを、われわれは望んでおり、／だが今、反乱を試みる。――どうぞ光を。

リットヘンナー　そう、何から？　どのように見えるのかなあ。

党書記長　ようやくビールを飲めるかな？

ポドウラ　またバターを塗ったパンも、ですね。

機械技術者　その通りだ！　軽食でも、健康を害さないですよ。

［ルーフスとフラヴスは街頭から、一箱のビールを持ってくる、それに、バターを塗ったパンをも］

ポドウラ　俺は、三回も領収書を書かねばならないのだ。

コサンケ　何？　この包み紙にソーセージとピルゼンビールを包め、と。

［石材運搬業者に向かって］それは住棟ブロックC南からだ。

俺は考えたが、人民は、試みようとしているのか？　反乱の試みを？

ブレンヌス　人民は、街路を清潔にする！

煉瓦職人　コサンケさん、小ジョッキでビールを頼んでいいかしら？　飲みたいのだよ。

塗装職人　あの居候を見よ！

コサンケ　それは、西ベルリンのスパイだ！

鴨の尾のような髪の毛からも歴然としている！

煉瓦職人　すごい裏切り者だ、おまえさんは！

コサンケ　ここで国の労働省と農商工省からの発言があった。

それは、今日、国家に対して裏切る者は、われわれ諸階級の敵であると見なす。

ブレンヌス、コクトールとヴァッロ　人民は、市中の街路という街路を清潔に保っている！
［労働者たちは、自分でビールを手配し、バターを塗ったパンを食べ、その包み紙などは、きちんとごみ箱に捨てている］
石材運搬業者　政党の幹部などは、自分の財布にたくさんのお金を貯め込み、／他方、われわれへの毎月の報酬を抑え、われわれから搾取しているのだ！
コサンケ　おまえさんたちは、しっかり者で、西ベルリンで働いて、報酬を得ているようだ。
道路工事の作業員　おまえさんは、豚のようなボスだぞ。政治屋さん！
大工　［コサンケをごみ箱の中に傾け落ちさせようとする］人民は、市中の街路という街路を清潔に保っているんだぞ！［笑い声］
コサンケ　この俺は、挑発者であり、プーチンの大国主義者の一人だ！
すべての人たち　人民は、市中の街路という街路を清潔に保っているのだ！
コサンケ　［叫ぶ］おまえさんたちは、日和見主義者！　ロシアの革命家トロツキーの悪者ども！資本で買収された奴隷だ！
［そこで、労働者たちは、コサンケとごみ箱とを共に立ち上げて、舞台から背負って運び出す］
すべての人たち　人民は、市中の街路という街路を清潔に保っているのだぞ！

コサンケ　［叫ぶ］おまえさんたちは、コスモポリタン！　で、敗北主義者だぞ！
すべての人たち　人民は、市中の街路という街路を清潔に保っているよ！
コサンケ　おまえさんたちは、頽廃的な形式主義者だよ！
そして、虚弱になって、西側諸国の思想に染まった、小市民的な人たちだ。……

【第七場】


党書記長　吾輩は、それを反乱者の群れというのだ！　音声録音機がセットされているのか？

大衆、人民は、簡単に追い散らされるが、／バリケード、道具、石材、煉瓦などは残る。

［書記長は録音機の傍らに座り、録音された場面を再現させる。労働者たちは、笑いながら帰ってきて、ビール瓶を皆に分け与え、楽しく飲んだ。エルウィンはたくさんの書物の上で座っていた］

ヴォルムニア　［退場するエルウィンに］書記長は暇を持て余しているようだわ。——エルウィン、貴方は、書物があるから、それにのめり込んでいるのかしら。——労働者たちは、ビールを飲んで、愉しんでいるわ。——今は正午よ。——反乱の試みが、市中であるようよ。

［幕が降りる］

第三幕

【第一場】

労働者たちは、ビールを飲んでいる。機械技術者は、自転車のタイヤに空気を入れている。また、市街電車の乗務員は麻のジャケットを着ようとしている。

道路工事の作業員　まだビールが残っているかしら？

石材運搬業者　そんなにたくさん飲むものじゃないぜ。

煉瓦職人　ここは、俺には静かすぎるよ。

大工　そして、これがわれわれが注目する人物だ、と考えた。

煉瓦職人　［塗装職人に向かって］何を言ったの？　彼の名前はこの紙に書いてあるよ。世界中の人が言っている、何てことだ！

大工　あの人か？　彼は、われわれとまったく別の関心を抱いているぜ。

煉瓦職人　彼は、尖った口髭を剃っているらしい。
大工　われわれは、その場にいないが！――ここでは、劇場の天井桟敷に花々が飾ってないぜ。
左官職人　俺は委託を受けているのだ、彼から。――おまえたちは好きなことをやれ。
大工　おまえさんは頑固者だのう。彼は、おまえさんたちを欺き、騙すことであろう。
煉瓦職人　どこでも可能ならば、彼らは、われわれを密告する。
左官職人　俺が委任されたことは、彼がイエスというまで、ここで留まることだ。
機械技術者　そして、それがうまくいかなかった場合では、――彼らは西側でわれわれを待っている。
石材運搬業者　われわれは、西ベルリンにいた。それは、数にはならない。
大工　郊外に行けば、数になる。
煉瓦職人　さあやれ！　誰が一緒にやるのだ。［沈黙］
市街電車の乗務員　俺は、レール上から支持者が外れていないかどうかを、見ているだけだ。［退場］
左官職人　［塗装職人に向かって］彼にやらせろ。また、［煉瓦職人に向かって］おまえさん、ストライキの主導者本部に、登録したらよい。
機械技術者　もっとも、その席があったらの話だが。
左官職人　彼らに頼んだら。われわれは、行かないこととする。それで、目的があるのか、聞いてくれたまえ。いずれにせよ――彼らは、誰かを西ベルリンに送り込まねばなるまい。

［煉瓦職人と大工は退場する。沈黙］

道路工事の作業員　われわれは、当時、孤立させられていた、ラップランドに。そこには、半分の中隊しか駐屯していなかった。俺は、そういう境遇であった。

左官職人　［石材運搬業者に向かって］ライプツィヒとロシュトックが降伏し、占領され、それについては、シャルノヴスキーが放送局を通じて発表したのだったな？

石材運搬業者　ストライキをする場合の広場を、おまえさんたちそれぞれ探せと、彼は言っていたぜ。

塗装職人　それは誰でも分かっているさ。

【第二場】

党書記長　［右手から登場する。労働者たちに向かって］吾輩の助手たちは、どこにいるのか？［左官職人に向かって］ビールはうまいか？　そして、［労働者たちに向かって］おまえさんたち、それは面白いかな？［エルウィンが登場する］吾輩は、事柄の場面を放り投げてしまった。ローマの街路。そして、人民の前で、幾人かの護民官を舞台上に登場させる。――ポドウラとリットヘンナーは、どこにいるのか？

エルウィン　書記長が、機嫌が良ければいいがなあ、〔ポドウラとリットヘンナーの〕両人が、俺に、演出セリフ集を渡してくれた。

党書記長　リットヘンナーも、か？

エルウィン　二人で、そうするよう決定したようだ。

党書記長　反乱の試みの分子たちの数を数えられるかのう？　吾輩は考えたのだが、われわれは、執務に精励すべきではあろうか？

エルウィン　〔微笑みながら〕彼らは、貴方の生徒さんですよ。おそらく、彼らはそれぞれの家の入口のそばで立っているんじゃないですか、そして、八つ折り本に、丹念に注意しながらセリフを次々と覚えていくのですよ。

党書記長　勤勉は、罪業から守ってくれるであろう。

エルウィン　われわれの女友達であるヴォルムニアが念入りにお化粧して、街路に登場する。

党書記長　それは、おまえさんを驚かせたかな？　あのヴォルムニアは、いつも盲目的で、やみくもだが、多くの場合、正しく行動しているよ。

エルウィン　不運にも。……

党書記長　まだ失敗をしているのかしら？

エルウィン　残念ながら、そのようです、ですがとりわけ、閣下は、上機嫌であらせましたな。

党書記長　そうなると？

エルウィン　たった二人の人民が、われわれのもとに残っていますが。この反乱への試みは、不完全な準備状態であったが、吸引力があり、反乱の試みの渦に巻き込まれそうだが？——俺も、しっかりせねばならぬのう！

党書記長　おまえさん、そうしたらいいよ。無知な人が多くなったなあ。吾輩のそばにいなさい。一人のわれわれ芸人が舞台に立っている限り、演劇を、やめられないのだ。——素人たちを劇場から追い出そう。

エルウィン　［クールに］彼らは、貴方を助けたのですよ。

党書記長　礼儀正しくやるよ。

エルウィン　無料の入場券を配りますか？

左官職人　われわれは、理解したさ、書記長さん。われわれは邪魔をし、劇場の舞台での代わりに、何をすべきか分かりません。——しかしながら、われわれは邪魔をしたいと思うが、われわれはある企ての途中であるのだ。

道路工事の作業員　そして、今だ！

エルウィン　平和的であれ、人民よ！

道路工事の作業員　［ビール瓶を振り回しながら脅して］人の手出しを、どけたまえ——俺は、うまい空気を吸うのだ。

石材運搬業者　それは、われわれの水曜日であった。そこで、ヴォルムニアは現場から離れないで、近くで立って、見物すればよいのだ。そこでは、ヴォルムニアは社会民主党に、献金せねばならなかったのである。俺もまた社会民主党員であったが、そして、俺は、党に献金した、またナチスでは、——ここだ！［ヒットラーは前腕のすなわち、心の内部を示したものであった］そして俺は、腕にはとても自信がある。それは、偉大なる日であった、今日は。

左官職人　何か動いているが。

塗装職人　そこでは、ノルマ・基準労働量への不満によって、叫ばれているだけではない。

左官職人　自由が欠如されていると、ささやかれているのだ。さて、自由、自由、自由！　と叫ばれている。

党書記長　大声を上げて、叫ぶことは、体力を消耗させ、効果も小さくなるぜ。

エルウィン　考えたのですが、閣下の発言の二つのつづりが〔つまり体力を消耗させること、小さな効果〕、われわれにとって、琴線に響く言の葉だ。

道路工事の作業員　［ほろ酔い機嫌で］われわれは自由を要求しているのだ！

すべての労働者たち　自由を！

エルウィン　〔寛大で、友好的に〕誰かが大声で叫んでいることを、おまえさんたちが聞いているぜ。おまえさんたちが自由ではなく、朝の食事を要求していると思っているのだよ。

党書記長　うまい朝食は、彼らにとって、自由であるのだよ。

機械技術者　それはそうだ。単なる自由は、何にもならないのだよ！　だから俺は、反乱の試みの行進が始まっても、貴方、書記長と同じ考え方ではないのですな。そうなのですよ。反乱の試みへの胸が高鳴ることにしましょう。しかしながら、俺が「ノルマ・基準労働量を下げろ」そして少しの自由を要求した以前には、装弾した銃を抱えて、──ロシアへ二年間送られたが、それは長く、充分苦労した年月であった！──俺の父親の息子が焼身自殺したが、うまくいかなくて再度、遅滞作戦に加わったが、その後逃亡した。〔労働者たちに向かって〕／あちらの老いた西ドイツの首相アデナウアーの方が、／ここの東ドイツの現共産党書記長ウルブリヒトより悪くはないな。

石材運搬業者　では何故に、おまえさんは、まだここ東ベルリンにいて、あっちの西ベルリンにいないのかな？

機械技術者　俺は人民が今日、どこまで行進しているか、見てみよう。

道路工事の作業員　〔これはたまげた！　外は日差しが強いから〕麻の服を脱ごうかな──〔畜生！〕あっちでもパイプがいまだに

不足しているようだぜ。

機械技術者　あっちでは、その代わりにアナナス〔もと南米先住民語から。パイナップル科の旧称〕、があるよ。

また、われわれにはクリスマスの蠟燭が無いのだぜ。

そして、献立表には何でもある、と書かれているよ。料金表もあるが?!

だが、ここには、何もないのだ。〔だから買い物に、自転車に乗って行こう〕

道路工事の作業員　あっちの西ベルリンでは、ベーコンは脂身が多いよ。

石材運搬業者　あっちの西ベルリンでは、おまえさんが純金に触れ、手で掴むことができるという。

機械技術者　そして、ここでは、どうなっているの?　ここ東ベルリンでは、俺が鉛に触れ、手で掴むことができるという。

道路工事の作業員　自転車のタイヤに空気を入れろよ!

そして、自転車の車輪の輪状の部分の上がなくなったのか?〔すなわち、車輪を壊したのだ〕

党書記長　それらのことを、ノートに書き留めたぞ。音声録音機は今、セットされているのか?〔道路工事の作業員は、友人に自転車を譲り渡した、そして、彼は、書記長のノートに書かれたことが自分に関わることであり、気になったから〕

録音データによると、ある事件が起こったそうだ。ローマの平民が言うことには市中の、どの程度まで行進が続いているか、吾輩は、この目で見たのだよ。……

エルウィン　自転車に乗ってではなく、彼は、長靴をはいていた。……

党書記長　……吾輩は、それを気にしないし、こっそり姿をくらましたよ。

エルウィン　そう、コリオラヌスが舞台に登場すると、／人民は、彼に迫る「われわれは国外移住をする！」と。／すると、コリオラヌスは、／「良い旅を」と言いながら、嘲笑する。

機械技術者　それで、彼らは本当に国外移住したのでしょうか、思うに、ローマから？

党書記長　その人民はとても長い間、考え、検討していたが、／小さな反乱の試みを始めたのであり、／そして、多くの人々を同調させ、加わらせた。

左官職人　われわれの場合では、小さな反乱の試みでも、ほとんど始まらないであろう。

石材運搬業者　おまえさんは、本当に確かだと思っているのだね。［それを確信して、沈黙］

機械技術者　もしも、反乱の試みがなされたとしても、俺は、加わらないよ。

左官職人　おまえさんは、加わると思うよ。ただし、おまえさんは、あっちの西ベルリンにいるのだよ。

石材運搬業者　あっちの西ベルリンでも、反乱の試みがなされているのかな？

塗装職人　あっちの人たちは、くたびれているらしいんだ。

左官職人　その通りだね！　あっちの人々は何に一つしないと思うよ。
彼らは、どんな場合でも、無料でクリスマスをお祝いして、／窓際に何本かの蠟燭に火をつけて飾るのだ。

道路工事の作業員　俺には、西ドイツのプファルツ地方に、甥がいるんだが、／彼はサッカーの熱狂的なファンで、カイザースラウテルンのチームが試合で勝つかどうか心配しているのだぜ。

塗装職人　俺にも、西ドイツのボーデン湖畔に友達が一人いるぜ。／そのあたりは平地だという。

石材運搬業者　誰か、これも西ドイツのラインラント地方の／バウツェンでの刑務所において、罪人を収容するスペースが不足している、という噂があるが。

左官職人　平日に、書かれたものが、／ようやく日曜日に公示され、公式に発表された。耐えて、辛抱しなさい！

塗装職人　そう、われわれはカトリックだったっけ！　しかし、なぜそうなったんだったっけ？

機械技術者　俺が西ベルリンに行った時に、おまえさんたちに、包み紙を送ってあげるよ。

党書記長　コリオラヌスと話し合った後に、「良い旅を！」。
［機械技術者は、自転車と共に退場する］

石材運搬業者　［党書記長に向かって］閣下、鏡の後ろで隠れることができますよ。

党書記長　そこには、まだ広場がある。

石材運搬業者　俺は、閣下に質問します。広場が充分ありますか？

［エルウィンは、音声録音機のところに行き、スウィッチを切る］

道路工事の作業員　どうしておまえさんは、誰かと関わり合うのでしょうか？

その人は単に見ているだけで、おまえさんは尻拭いをするのだね。

石材運搬業者　俺は、かつて馬の販売業者を知っていた。駄馬が馬衛に手を伸ばした、このことは閣下に似ているところがありますね。しかしながら、われわれは、馬ではないのですぞ。

道路工事の作業員　そして、実験のための兎ではないのだ。

左官職人　閣下は、反乱の試みに対し責任を負えるでしょうか？

石材運搬業者　閣下は、石材を運ぶのに報酬をもらえますよ。今日か昨日か、そして、明日か今日か。そして閣下にわれわれが、支払いますか？［彼は、ポケットから財布を抜き取った］時間給は、われわれにとって、幾らでしょうか？

党書記長　［労働者たちに向かって、目には目を合わせて］そうだな、責任があるな。無知と、匙すりきり一杯の間違った自由への要望で、吾輩はためらい、躊躇しつつ、アイントップ〔野菜、肉などを一緒に煮込んだ鍋料理〕を支給しよう。すでに労働者たちは来ている。コックさんよ、吾輩の思いを、皆に示してくれたまえ。

［書記長は、振り返って、食卓に行く］

今日は、何と嫌な日であったことであろうか！　ああ、リヴィウス、プルタルコス、レーニンよ。できれば、一緒に泳ぎたい。ローマから去りたい。吾輩を動かし、動かされたい、間違った方向か、正しい方向へと。［――疲れ果てて、座ってしまう］古代ローマの詩人、ホラティウスの著作〔「諷刺詩」、「カルミナ（抒情詩集）」、「書簡詩」、「詩論」など〕を読みたいのだ！　また、朝もやの中の樅ノ木は何と抒情的であろう！

［書記長は、執務机の後ろ側に崩れるように倒れる］

【第三場】

ウィーベとダマシュケが後ろ左手から登場する。二人は、革製のジャケット、オートバイ用のゴーグルを脇に抱えてくる。

ウィーベ　ストライキの主導本部が、俺たち二人を送ってきた。

エルウィン　われわれは、充分、使節団の言い分を聞いたぜ。

ダマシュケ　人民の連帯は、うまくいかないであろうな。

エルウィン　そうだなあ、彼らの関心事は、ある意味ではわれわれの関心事でもあるのだ。
ウィーベ　これは党書記長の家である。／反乱の試みを鎮圧された人民の、賞賛すべき友人である。
エルウィン　少し待ってくれ、彼は憔悴しているのだ！
ウィーベ　それは大変な贈り物だぞ！　これで、書記長の声を聴かないで済むというものだぜ！
　書記長さんよ！　同志よ！　俺の名前はウィーベです。
　こいつはダマシュケです。われわれは、／ビッターフェルト村とメルゼブルク村を含む郡からの使節である。
　そして、ロイナ村、ブナ村また大きなカイナ都市の住民がストライキをしている。
　電気コムビナート出身のダマシュケ、／そして、俺ウィーベは、ハレ市から心からご挨拶を申し上げます！／東ベルリンだけではなく、東ドイツ共和国の人々とは、／前党書記長ウルブリヒトや政府の高官グローテオール、それに、ピークには、飽き飽きし、うんざりだ、という。
　［労働者たちと握手し、挨拶する］
左官職人　ライプツィヒの状況はどうかね？
ダマシュケ　われわれは、〔政府の高官で〕上の方だ。〔だから、知らない。〕
石材運搬業者　マグデブルク市においては、ですかね？

ダマシュケ　刑務所は、こじ開けられたらしい。
ウィーベ　そして、おまえさんたちは？　あんた方は、書記長をせきたてたのではないかね？
［すべての人たちは、党書記長を見上げる］
党書記長　おまえさんたちは、いつも二人で登場せねばならんのう、だが、誰もが、違った証明をするのかなあ。
エルウィン　楽園が抹殺された時、どのくらい多くの天使がその生命を賭したのか？
党書記長　［立ち上がって、また、びっくりするような魅力を湛え］ダマシュケ、ウィーベ？——ローゼンクランツやギュルデンシュテルンのように／感じがいい、きれいな名前だな。
吾輩は、任務に就く。何が、欠如しているかのう？
［書記長は、お辞儀をする］
ウィーベ　嘲笑や、あざけりではあるまい。書記長にそう言ったらどうだ。
ダマシュケ　ストライキへの呼びかけ、／それと、公開された、あからさまに公開された書状。……
おそらく。……
ウィーベ　おそらく、言わない方がいい！
ダマシュケ　確かに、／書記長が、思いついたのだ。鋭い事柄を。

党書記長　言の葉を聞いた。誰がノートに筆記するのか？

エルウィン　書記長は、まじめに、真剣になるのですか？

党書記長　勿論のこと、まじめだよ。吾輩の言の葉は、状況次第だよ。

［エルウィンは、党書記長の隣の住棟ブロックに住んでいる］

前党書記長ウルブリヒトを国民の多くは、／尖った髭と名づけていた。――オー・デ・コロンをつけなよ。

同志よ、前党書記長、貴方は、銃殺されることはないですな。／貴方が政界から退陣して、人民はお祭り騒ぎですが、血が流れることを、嫌うのですよ！

反乱の試みという深刻な状況にあって、／われわれの市中の街路という街路が充分な幅があるのか。それからは、彼らはそれぞれの母親のもとへとおとなしく帰って、／ポテトパンケーキの二個を食べ、愉しく味わったのだ。

しかしながら、同志よ！　エルウィンさんよ、／反乱の試みを予測してか、／市中の、街路という街路、そして、広場という広場などは、充分に足りたのだね！

［党書記長は、自分の住棟ブロックに帰る］

党書記長は、書簡を自筆で署名捺印する。／この国民の代表たる吾輩に、何か都合が悪いところがあったとしたら、／より良い者を選ぶがよい、と。

［書記長は、ダマシュケにその書簡を渡す］

ダマシュケ　それには、いろいろな理解の仕方がありますよ。

ウィーベ　［彼の手から書簡をもぎり取り］引き裂いた、ユーモアでもあるね！

道路工事の作業員　われわれの税金でね！

ウィーベ　東ベルリン市の住民のお祭り！　と誰かが言う。俺は、すぐさま広場という広場を占領してしまう。

党書記長　人民の多くは、字が読めないのだ。

ウィーベ　それには、イロニー・皮肉の臭いがするぜ。

［彼は書簡をくしゃくしゃに丸めて、それを投げ捨てようとする。エルウィンは、書簡を持ち上げ、平にし、ポケットに入れる］

党書記長　われわれの政府の協議会で討論した、人民のための解決案を、人民に公表しようと思う。

道路工事の作業員　そんなことは、自然と皆の衆に、こっそりと伝わるものだよ。

ウィーベ　反乱への試みは、すでに過ぎ去り、ライプツィヒ市では、重要な公文書が火災にあい、消滅してしまい、ハレ市では、シュピッツエルが絞首刑に処せられた。また、メルゼブルク町では、町のボスどもが、尋問を受けた、という。

道路工事の作業員　［書記長のジャケットを着せて］さあ、書記長をしつこく口説こうぜ！

ダマシュケ　書記長は、より良いとは言えまい——小さな友だちよ、来てくれたまえ。［エルウィンの心がとらえられた］

ウィーベ　貴方は、われわれの東ドイツ共和国を信じますかな、書記長殿？

党書記長　われわれは、二人とも、皮のついたゆでたジャガイモを食べるのが好きだ。

ウィーベ　二つの言の葉があります、ドイツ国とジャガイモです。

党書記長　初めの言の葉では毎日、美味しいそうに食べる。／次の言の葉では毎日、残らず食い尽くす。

道路工事の作業員　書記長は、われわれにジャガイモスープを御馳走してくれ、／それに対して、ドイツ国歌を歌った。「ドイツ、ドイツよ、世界に冠たる」に押韻した。

ダマシュケ　［やや興奮して、書記長に向かって、叫び声をあげる］ドイツ国は、東西に分割されたのですぞ！

エルウィン　……それも、ジャガイモともどもに。

党書記長　大体において、吾輩はそう考えていた——吾輩は忘れない——／都市などを占領することは、いつも不愉快だ。

ウィーベ　そうですか、正しくタイプを打ちましたよ。／人民は、もう歌っていますぜ。俺にとっては、裏切り者ですよ。

道路工事の作業員　彼は、サボタージュをする人だ。

ウィーベ　裏切り者たちを、絞首刑に処せねばならないのだ、短時間に審議会で決定された。

道路工事の作業員　［上の人たちを見て］彼らを高く吊るせ！　劇場の中にはガラクタだらけだ。

ウィーベ　国民の名のもとに。

石材運搬業者　聞けよ、同僚。地方管轄裁判所は、ビッターフェルト町にあるらしいぜ。……

ウィーベ　国民の名のもとに。……

石材運搬業者　われわれは、そのような方法には、断固、反対なんだぜ！

ウィーベ　ということは、異議ありかな？［誰もが、沈黙を守る］なるほど、ことは明快だ。

［塗装職人に向かって］反乱への試みへの行進をやればよいだろう、さあ、やれ！

塗装職人　笑う門には福来たる、できますよ、ウィーベさん。［右手に退場する］

道路工事の作業員　［左官職人に向かって］〔おまえさんは、おじさんがいるのだろうか？〕彼には、行進には、加わるな、と言えよ。

［彼は、エルウィンに委ね、エルウィンは、塗装職人に向かって、物干しロープを手に取って、二つの襟巻きを首に巻きつけ、反乱への試みの行進が、遊び場の道具、ほうきや塵取り、サッカー・ボールなどを持って、市中の遊び場、街路という街路をゆっくりと通過してゆく］

エルウィン　われわれは、当地・東ベルリンで醸造されたビールを注文すべきであって、アルコール分が強い輸入ビールではなく。

党書記長　この種の劇的な遊びは、吾輩はいつも大嫌いだぞ。

エルウィン　それは驚きですね、反乱への試みが芝生を慈しむことはない、という書記長の考え方は。

道路工事の作業員　ストップ！――今、襟の幅を測っている。

［彼は、両端を結んでつくった紐を行進する人々に巻きつけ、連帯感を誇示し、彼とウィーベは、書記長の首に襟巻きを巻きつけるのであった］

エルウィン　せかせかした幕の終わりであるが、われわれが舞台で演ずることが許される前に、われわれには、そう望むのだが、最後の言葉が存在する。

ウィーベ　拒否する。

ダマシュケ　異議あり！

ウィーベ　彼らの頭という頭には、きれいに、細い毛皮の襟が巻きついていた、ということを注意したまえ。

エルウィン　［党書記長に向かって］今、俺は、メネニウスという偽名を名のらなければいけないのだ。……

老いた馬鹿を／一度、悩みでくたくたにさせたいものだなあ。——書記長、何とか言ってくださいよ。

党書記長　吾輩はしゃっくりで悩んでいるのだよ。まあ、いいだろう。

エルウィン　［額に汗をたらし］閣下は聖なる人民の扇動者、助けたまえ！

われわれが絞首刑に処せられとも、——閣下は、正しいのです。

閣下は、閣僚会議を見られて——そして、われわれを裏切り者であるとする。

そして、裁判官たちは、協議の上、死刑を判決する——すなわち、われわれは、死刑が執行されるのである。

われわれ国民に奉仕する役人は、国そのものではないのでしょうか？　われわれは、国そのものでしょう。

であるからして、国の財政を立て直したりするのです。

しかしながら、われわれが死刑に処せられる前に——われわれ役人は、すなわち、国そのものですぞ――／たったの五プフェニッヒの報酬を支払われているのですが。
市中の店舗経営者は怠慢で、商品も悪臭を放ち、吐き気を催すが、／市中には、今日の店舗よりも良いものが存在しないのです。
上の方の統治者たち――すなわち、われわれは――／政治家である党書記長のために／苦労に苦労を重ねているのです。
そして、人民を抑圧しているもの――それは、ノルマ・基準労働量だけではなく――／不足しているのは、／われわれのボスたちだけではなく、／それは、ライン河の後ろのボスたちは、／足場を固めないで、長い溜息をついているのです。
われわれが一致しないとしても、人民の意見は、一致しているのです。

ダマシュケ　われわれの毎日のスープの中には、脂身のベーコンの代わりに、この歌が泳いでいるのだぞ。／だから、誰もが身体に脂肪分が少なくなるのだ。

道路工事の作業員　脂肪分が多いのは、上の方の連中だ。……

左官職人　……われわれは、反乱への試みという飽くことないが、犠牲を求めるものだ。

ウィーベ　彼らを高く吊るせ！

道路工事の作業員　両人とも／魔法のような力で縛りつけられ、不安になって、喉の痛みで苦しんだ。

エルウィン　おまえさんたちが、たとえ許し難い尊大な態度を取るにせよ、／俺は、――すなわち、国家は、――われわれの古代ローマの短編小説から引用した、／たとえ話を提供しよう。／それは、われわれの時代においても関連するからである。

道路工事の作業員　あんたがたは、それを信じているのか。

ウィーベ　そのような方法は、／すでに牧師がわれわれによく言って聞かせてくれた。若者よ、われわれは昇天日をお祝いしようじゃないか！

ダマシュケ　彼にはフルートを吹かせておけばいい。とんでもない――西側の楽器だ。ハレ市の同僚たちは、それを聞きたい、と言っているが。

［彼は、音声録音機のところに行き、スウィッチを入れる］

ウィーベ　俺は、今言う、異議あり。

ダマシュケ　おまえは、不安なのか。

［沈黙］

エルウィン　かつて、あらゆる四肢は、／短い助言にもかかわらず、良くなる推論は、理解できる。／そして、大きいお腹を棍棒で突撃する、というのは、／彼らが言うには、彼は、怠惰で、／そして、破片を巻きつける、その間、彼らは、／心を動かさせれてノルマ・基準労働量を下げるように考えたが、／あまりにも多く、あまりにも高いノルマをこなすこととなった。
それを、腹が、話した。……

塗装職人　それを、知りたいのです、何を毛皮の腹側の部分が歌っているのでしょうか？

エルウィン　嘲笑的に、にやにや笑いながら。心から笑わないで、とてもあざ笑う。……

ウィーベ　どうしたの、彼に何か思いついたの？

道路工事の作業員　けつがお腹の声でもって、何を話しているのか？　つまり、それはとても信じられないようなものか？

エルウィン　四肢が沈黙するなら、彼が話せばいいのだ。

道路工事の作業員　それで決まった、行動を開始すればよい。

党書記長　あの音声録音機が、われわれが、死ぬ間際に喉をゴロゴロ鳴らせる音を聞いたら、／後世の人たちは笑うことであろう。／これらの出来事があったとの、証明として。――どうぞ、話してごらん。

エルウィン　急がず、腹は、話した。／――腸を隠す人は、忍耐力がある――／さて俺の愛する、そわそわした、落ち着きがない、いらいらした／腕と、両足と、首の上の頭と、／両親指と、八つの指／――そして、第十一番目の掟〔とっ捕まるなよ、の戒め。モーゼの十戒に対しての揶揄的に〕は、／なかったし、セロリのジュースを吸収しなかった——／耳を澄まして聞きなさい。俺は、AとOである、〔初めから終わり、すなわち、すべてである〕／俺は中心的な人物であり、ドイツ民主共和国国民戦線司令官であり、／あんたがたを貨物列車に閉じ込め、／遠い厳寒のシベリアに送ることもできるし、——俺が名残りであろう——／また、あんたがたは風習を知っていると思うが、／とても丁寧にあんたがたを拭っているのだぜ。

　これはすなわち、お腹の利益、／そして大便の習慣もひどく心配になったりしているし、／そして、あんたがたも規則通りに食べているか？／また、あんたがたは、無分別な頭と、胴と四肢を持っている——

　そして、そのように国家との関係を持っているのだぜ。

道路工事の作業員　なぜ、国家か？

塗装職人　牛などの胸先の垂れ肉も、国家なんだぜ！

エルヴィン　われわれは、国家でもあるように、——彼と、俺。

　おまえさんは、もうすでに知っての通り、おまえさんは、大きな足の親指だ！／おれは賭けよう、足の親指の半分の爪が欠けているのだ。……

道路工事の作業員　俺が足の親指だと、いうのか？——そうかもしれぬ。／かつて、俺は、ドメスチカ、ヨーロッパ産の李だ、ノイルッピン村の／大きな建設現場で働いていたが、病院では左手にい

る、おじさんが看護してくれて、／四週間、病院のベッドで病気を祝った。［笑う］

エルウィン　何と言ったらよいか。おまえさんは、何と哀れな大きな足の親指なのか！
おまえさんは、重要人物であり、おまえさんなしでは寂しいが、／だが、遠くを、将来を見ることができず、視野の狭い人であり、／短い靴下をはき、フェルトのスリッパをはき、――／そして、にもかかわらず、最初の一歩を先頭に立って、／それが動因、きっかけとなって、おなかを吊るすのか？

塗装職人　名前は、何ていうの。〔ありがとう、もういいだろう〕すべての四肢〔手及び足、頭。胴と、股〕。……

エルウィン　あなた方は、同じように首を吊るのか、――お腹とともに。

［沈黙］

塗装職人　俺は、首吊りをしたくない。

左官職人　誰も首吊りをしたくはない。

［沈黙］

道路工事の作業員　その現場を見れば、そう思うよ。……

石材運搬人　そうした人に寄り添って、助けるべきだ。

ウィーベ　ここでは、誰が命令をくだすのか？

石材運搬人　俺だよ。

エルウィン　ありがとう、もう、いいよ。

〔道路工事の作業員が党書記長を助け、塗装職人がエルウィンを助ける、〔そして、ある人の首に絞首刑用の縄をかけようとするが〕縄を離れさす〕

左官職人　〔エルウィンを助ける〕この方法は俺には、初めからなかった。

〔党書記長は、執務机の上を何か探しつつ、左官職人にこっち来いとウィンクをする。そして、彼に全紙を返す。党書記長は、ジャケットのボタンを掛ける。沈黙〕

エルウィン　〔党書記長に向かって〕さてと、股（手及び足）、頭と、胴と、四肢の絵空事が／そのお腹に突撃した、それを確信したのか？

ここには、無意味という伝統がある。／そして、フォルマリン漬けの死体のように新鮮だ。〔ジョークだよ！〕

だから、進歩というものは、死体を撫でる。

〔労働者たちに向かって〕俺の提案は、あんたがたが、それぞれ家に帰ること。

〔沈黙〕

道路工事の作業員　外では、雨が降っている、——いまだもって。

塗装職人　雨のことを考えているのだな。……分かっているよ。

［外から、雨音とともに騒音が聞こえる］

ウィーベ　意気地なしが、あんたがたから出たのだ！［雨音とともに騒音がますます強まる］

静かに！――あんたがたが列をつくって行進してくる。

ダマシュケ　われわれは、ここに楽しみにしているんだよ、分かったかな？

［党書記長は、公文書に署名し、いろいろな書物をまとめ、自分の帽子を取り上げる。彼は、後ろへと退場する。エルウィンは、彼に従う。のこりの彼らは、舞台の中央に立つ］

【第四場】

溶接工　［今にも崩れ落ちそうになりながら］ここには包帯があるの？　急いで！

［理容師、溶接工それに鉄道員は、東ドイツの国旗を手に持った煉瓦職人を引きずって、後ろ左手から登場する］

鉄道員　煉瓦職人を連れて来たよ！

道路工事の作業員　本当かよ？

ダマシュケ　誰を？

左官職人　糞たらしめ、カールだよ。

理容師　絆創膏の箱だぜ！

左官職人　どこで、絞首刑に処せられるのか？

エルウィン　［静かに、気遣いながら党書記長に向かって］貴方は、本当にどこかへ行くべきでしょう。

［だが、党書記長は、何かに魅了されたように立ったままである。東ドイツの国旗を手に持った煉瓦職人は、国旗を手放した］

煉瓦職人　筆記して公文書を書くがよい、ここに。俺が待っているぞ。党書記長殿！　［党書記長に向かって］閣下は何を持っておられますかのう？　何を？　おれは、待っているよ！

理容師　［党書記長に向かって］上の役人から、木っ端役人までブランデンブルク門を通って。……［その役人によって、捕まったのだよ］

溶接工　たった一人で。……

理容師　［唖然とさせられて］そう見えるようだ――劇場では。

そこには、エプロンステージ、――［観客の空間の中の張り出し舞台上に］――彼らは座っているよ。

煉瓦職人　その通りだ！　役人たちだ、それで彼らは、何を持っているのか？

理容師　［党書記長に向かって］閣下、その役人を捕らえてくださいな、英雄を。／雨で濡れた英雄を。彼は、閣僚から命令される身分だ。……

鉄道員　彼が、何を持っているのか、言わせよ。

理容師　いやいや、劇場の張り出し舞台上に座っている役人からだよ。

鉄道員　あの役人からか!?　おまえさんは、変なことを言う、頭がおかしいんじゃないかな。

煉瓦職人　彼ら役人たちは、木っ端役人たちから出世するのだぜ。俺は、すでに親玉だよ。

俺は、どのようにして親玉になったかを、知らない。しぜんと、そうなったのだぜ！　／それはそうと決まっていたようだ、／というのは、アドロンの奴の屋根が青緑色であったので、退却しなかったのだよ？〔冗談さ！〕

ウィーベ　われわれは、ハレ市郊外に立地する／市管轄の刑務所を、〔専門役人として訪問したが〕そしてビッターフエルト町にある管轄刑務所も訪ねたものである。……

理容師　彼に、語らせようぜ。あんた方は後になって、できますよ！

ダマシュケ　メルゼブルク町では、人民委員会が／机を介して協議し、そこにはボスたちが。……

ボスたちは、俺を選び、俺は、すぐに承諾したぜ。

同志たちよ、俺はそういった。同志たちよ！

理容師　彼よ、立て。

煉瓦職人　もしも俺が、／頭がくらっくらっせず、だけど、俺は、／階段を梯子で昇り、そして反乱の試みの門番として、／そして指揮官として、ホットジャズのリズムに合わせて踊るのだよ。

鉄道員　われわれは、絞首刑に処せられた者に耳をあてがったのであるな。

理容師　人民警察は、恐れつつ、殴りつけるのである。

溶接工　貨物自動車、あるいは、トラックに乗って、東ベルリン郊外のオバースプレーに来た。……

理容師　先進的作品を書いたわれわれの少女は、／雨傘をさしているのであった。そして、誰かが、タイムレコーダを押し戻した。

鉄道員　われわれがここに来た時、人民警察を、俺は見たのだよ。／そこの牧草地において、彼は、精神的に参ってしまっているようだったぞ。

ウィーベ　ビッターフェルト町にある、われわれの鋼板製の金庫の中には、／名前という名前のリストが存在する。

煉瓦職人　ここでは、今、雨が降っているし、ぴゅうぴゅうと風が鳴っている。だが防火設備がいまだない。

理容師　俺の英雄は、びしょ濡れだ。
溶接工　いいじゃないか、そのままにしておけよ。
煉瓦職人　俺は、まずホットジャズのリズムに合わせて踊って、勢いをつけ、／最後まで頑張るように励まされつつ、／数メーターほど腹ばいになって前進したよ。
東ドイツの国旗竿まで、上では退屈な音楽、そしてアドロンの上では、人民警察はまっ青になっていたぜ！
そして、再度、俺は、ホットジャズのリズムに合わせて踊ったが、／というのは、東ベルリン市中では、篇豆の花が花咲ざかりである。……
理容師　彼は、それが原因で血を流したが、包帯で結んで、事なきを得たよ。
エルウィン　［党書記長に向かって］貴方がご自愛することは、閣下の義務ではないでしょうか！
党書記長　包帯が必要になる。［エルウィンは、退場する］
ウィーベは、［党書記長に向かって］ビッターフェルド町に名前のリストがあるが、／それぞれのスパイがリストアップされていますよ。
［書記長は、安楽椅子に行き、ダマシュケは彼に従う］
ダマシュケ　主として、労働者たちのストライキ権が国の憲法に容認されるか、否か、／激しく討論

された。

そして、誰かが、実例となるものを、取りに行って持ってくるようだ。

理容師 彼は、冷静さを失っている。では、いったい誰がそれを持ってくるのかな？

溶接工 〔自分のウィスキー瓶を友人に渡して〕一杯飲め！〔と言う〕

煉瓦職人 〔うまそうに飲んで〕俺は、考えたのだが。だが今は、ホットジャズのリズムに合わせて踊ろうよ！

友人が、ワイヤでクランクをまわしたい、と言っていたが。

東ベルリンの市中では、どんな状況だろうか？　まあ、どうでもいいや！／俺は、ある文章を書いたのだが、もう少しで完成だ。／市中では、雪のため、足が滑りやすい。

注意しつつ皆で行進する。

理容師 友人が首吊り自殺をしたのです、両足はぶらぶらしていたのだよ！

もう一度言おう、彼は、首吊り自殺をしたのだよ。そして彼も行進に加わりたいのだったが！

煉瓦職人 ただゆっくりと、いや、何でもない。

いや、数分後で、――数年後に、俺もかな?!〔ウィスキーを飲む〕

〔反乱の試みが予兆される状況にあって、魔法のような力で縛りつけられたかに見える党書記長は座り込む」

溶接工　それで、ヘニングスドルフの住民、二万人がこちらに行進してくるようだ。

煉瓦職人　いや、こちらには、やって来ないよ。

理容師　いや、こちらに来るよ、ベルリンへ！　と叫んでいるぜ。

煉瓦職人　ここに百六十ポンドを持っているが、／俺は、経済的に力尽きたので、／あのアドロンさんに、機関銃を売ってくれ。

溶接工　援護射撃だ、と俺は叫んだ。援護射撃を！

【第五場】

大工と組み立て工は、後ろ左手から登場する。

大工　なあ、おまえさんは、くだらない文書を持っているかい？

組み立て工　ベエースコーワーは逃れることはできないであろう！

左官職人　それでトレプタワーの発電所は？

大工　九千人の男たちが行進している。

石材運搬業者　そして、プラニアではどうなっているのかな？　アブス機械製造会社は？

組み立て工　まだ操業しているよ。休みなく、船で輸出しているぜ。

大工　新聞を売っているキオスクには、放火させないのが得策だよ。

組み立て工　われわれは、プレンツラウアー山から商品監視役所に入った。その中は、乾燥していた。

道路工事の作業員　この劇場でも乾燥しているね。われわれは、セリフ集を取りに来たのだが、ビールしか提供されなかった。

左官職人　そこにはまだ何かありそうだ。

［大工と組み立て工にビール瓶を渡す］

理容師　人民は、その首を完全には切らないのだ。彼は今は。

［ビール瓶を掴んで、それを煉瓦職人に渡す］

だが飲まなかったのである。だがというのは、ビール瓶は空っぽだったからである。

［そして労働者たちに示して、東ドイツの国旗をかつげという］

ここで人民は上の役人たちを絞首刑に処し、ただし、党書記長は免れたのだよ。

煉瓦職人　ホットジャズのリズムに合わせて踊るのではなく、俺は、ナイフで彼らを切ったのだ。

起重機の主柱が一つ、人民からかつがれてきたのだ。

俺はそれいじょう加わらなかった。仕方なく、ホットジャズのリズムに合わせて踊ったのだよ。

／というのは、めまいがしなくなったし。……奴らは宮殿の西側のコーニスから来たが。

［機関銃で撃つことを見習った］

俺は、おまえさんたちに言いたい。ぶるる――俺たち二人は、／奴らの顔面を撃つ、あるいは、斧などでたたき割るのだ。

そして、奴らを掴んで、どうするか、あるいは。

いや違う、俺は考えたのだ、そうしない、俺は転がり落ちるのだ。

【第六場】

ルーフスとフラウスは、今は衣装を着ていないが、街頭より登場する。

フラウス　ユーテボーグから人民は転がり落ちる、だが行進の二列は続いている。

ルーフス　党書記長殿、デベリッツにおいて、ソヴィエト人たちは〔日差しがまぶしくて〕ブラインドを下ろしているようですよ。また、そこでは、オートバイを乗っている人が、〔防寒ジャンパーも着用せず〕気持ちよさそうに乗り回しているそうですよ。

大工　こちらに来ればよいのになあ！　シュピッテル市場で、またアレクス市場で〔高額で売れるのになあ〕ここでは、雨が降っても濡れないし。彼らは、防雨服を着ているよ。

〔遠方から、拡声器を用いて何か呼びかけているのが、聞こえてくる〕

フラヴス　ただ人民はどこに走っていったらいいのかを知らない、ポツダム広場から、アレクス市場を通って、マルクス・エンゲルス広場へと。……

ルーフス　……そして、シュトラウスベルガー街路から隊伍を組んで政府が立地する官庁街へと移動している。……

フラヴス　……人民は以前、マルクス・エンゲルス広場からアレクス市場へと行進し、シュピッテル市場にいたのだが。……

ルーフス　……人民はここで互いに分かれて、ポツダム広場から、マルクス・エンゲルス広場を通過して、行進を続ける。……

フラヴス　……そして、シュトラウスベルガー街から政府・官公庁が立地する地区へと。……

ルーフス　……人民は、ちょうどシュピッテル市場にいたのであった。

【第七場】

エルウィン ［包帯を持って登場する］人民は、フリードリヒ街を封鎖した！

コサンケの声 ［拡声器での声が、遠くで響く］同志たちよ、おまえさんたちに、国家賞の栄誉に輝くこのコサンケが訴えているのだ。
煉瓦職人たちよ、鉄道員たちよ、進歩的な作業員たちよ！ ［大声で］西側のスパイ・諜報員たちよ、挑発者たちよ、プーチンの大国主義者たちよ！［コサンケが演説しているが、遠くで、労働者たちが合唱する］
すべての交通信号は緑色・OKサインだ。／ヘニングスドルフから人々が雨の中で行進している。青ざめた人民警察はひねくれた性格が剥き出しである。／われわれには、雨の中でも大したことはない。
グローテウォールやアデナウアーではない、／統合ドイツ国には、オレンハウアーが適役だ。

エルウィン 政府は、〔反乱を試みる人民を鎮圧用の〕放水車と拡声器を乗せた車を配置させた！
［包帯を理容師に渡す。その理容師は、煉瓦職人の患部に包帯を巻き始める］

コサンケの声 扇動者たち、報復主義者たち、ファシストたち！

大工 そのような者たちの口を封じたよ。

ウィーベ　彼には、吠えさせておけ！　われわれと連帯しているのは、目下のところ、ロストック、マグデブルク、ゲルリッツの各市民たちだ。市民たちよ、すぐさま散り散りになるよう要求する。

……

コサンケの声　西ベルリンのスパイの仮面を剥げ。……

ウィーベ　言わば、辞職の表明ですな。……

コサンケの声　先の共産党中央委員会会議では。……

ウィーベ　新たな人材を教育する。……

コサンケの声　しかし、われわれは、誉れ高い側にいるのだが。……

ウィーベ　……統合ドイツ国。……

コサンケの声　しかしながら、西側の階級は敵ではないの。

ウィーベ　すべての人たちの立ち入り許可を要求する。……

コサンケの声　しかしながら、ソヴィエトに大きな権力があるよ。……

ダマシュケ　秘密な、そして直接的な権力が。……

ウィーベ　選挙を、われわれは、自由選挙を要求する！

コサンケの声　たとえ、過ちがあったとしても、誰もが、進歩的な列に入るのだ。……

ウィーベ　法律・制度の廃止とすべての人たちの釈放を即刻、要求する。……

ダマシュケ　すべての逮捕された者たちを！

コサンケの声　しかし、資本主義者の道具になっている者は？

ダマシュケ　誰もが、宗教的、政治的な理由では。……

コサンケの声　挑発者とプーチンの大国主義者は、しかし。……

ウィーベ　自由を要求する！

コサンケの声　それは、法律上、罰に値するのですよ。……

ウィーベ　自由を！

理容師　同志よ、静かに！［沈黙。戦車の轟音が、遠くから聞こえてくる］

遠くから戦車が来る。そして、街路の石が柔らかくなった。

戦車群が来たのである。

ダマシュケ　戦車でも、事がうまくいかない。

塗装職人　［少しの間沈黙、半ば自分に対して］そのことは、俺は神に懸けてもいい、おまえさんは、

神経過剰症だと思うよ。

大工　雨が屋根を打つ音が聞こえるね。

ダマシュケ　いや、違う、違う。俺は今までの人生において、他人様に危害を加えたことはないのだ。この俺は、何を言っているのだろう？　俺は、ほとんど何も言ってはいないのだ。俺は、何も隠すことはない。何も！

人民は、誰がわれわれと一緒にいたかを、俺から知るべきだ。

［外に走り出す］

撃つな！　同胞であるドイツ人を撃ってはいけない！

ウィーベ　［沈黙の後、労働者たちに向かって］おまえさんたちよ、ハインツ・ダマシュケという名前をよく覚えておけ。

［彼は、誰にでもじっと観察しているのだよ。だが、誰も反応しない。戦車の轟音が次第に強くなる。突然、彼は振り向いて、立ち去る］

理容師　私と一緒に苦情を言う人がいるならば、私は誰を、非難攻撃すべきか？

弾丸を込めた自由というものは、美しい形でしょうか？

そして、おまえさんのほかには、誰も、誰もいない。……

煉瓦職人　［参加しないで］俺は、彼らを掴み、そして、／上から道路の上に叩きつけた。どさっ。

理容師　こっちに来いよ、ベルリンが呼んでいるぜ！　さあ、前進しようよ。

煉瓦職人　その時、俺は、骨折した脚を添え木で固定しているのだぜ。
理容師　その彼を、肩にかついで、ホットジャズのリズムに合わせて踊ろうじゃないか！
煉瓦職人　そして、誰かさんが、俺をここに連れて来てくれたのさ、時計と一緒に。
［彼は、時計を指で示す］
理容師　［東ドイツの国旗を脇に抱えていた］が、誰かが、それを引き裂こうとした。俺は、やめろ、と叫んだ！
他の人たちは、雨が降っているにもかかわらず、着火器を持っていた。
しかしながら、発火しなかった、だが、／三回半分ぐらい殴りつけたが／命に別条はなかった。
そして、仲間内では、そっと様子をうかがう者がいるぜ。／駈けたぞ、駈けた、英雄だぜ！
彼には、百回の栄光の光が当てられた。
石材運搬業者　そして、もしもそれが現実的に、戦車群だとしたら？
理容師　こっちへ出て来い、見ろ、街路上に重たそうなひきがえるがいるよ。／鋼製の臓物でもあるらしい、／それらは、われわれの道路の上で、交差点で衝突事故にあったのだ。
道路工事の作業員　そんな場合では、何もできまいよ。ただ、見ているだけだぜ！
理容師　人民は、臆病者で、意気地なしだ、おまえさんたち、何か思いつかないのか？――

エルウィン　それは、閣下、貴方の問題でもあるのだ、書記長殿。

党書記長　人民をほとんど、恐れているのだが、結局のところ、人民は、吾輩に味方しているぜ。

理容師　俺は、そんなことは、オーデコロンをふりかけて、厄介な事を片付けねばならないのだ。

党書記長　C管のトランペットの吹口を／用いて吹けば、より良く眠れるという希望が達せられるというものだ。

理容師　俺は、閣下のことを、よく知っておりますよ。

党書記長　おまえさんも、吾輩にとっては、新しい人物ではないぜ。

理容師　俺は、もう四年間も、理容師を生業としているのだぜ。

　そして、十七歳の時に、劇場に入って、演者となった。／そこでは――この上の屋根の上に／美女カトリンが座っていたが、俺も黙って、隣に座っていたのだよ。そして太鼓の音が聞こえて、／俺は叫んだ、戦車の群れがこっちに来るぞ！　と。

　さあ、書記長殿、閣下の執務官庁から、腹這いになって退却しなさいよ。／われわれは、世界に向けて、〔平和を訴える大詩人シラーやヘルダーリンの〕詩を暗誦したいのだぜ！

　街路では、子供たちが遊んでいるし、バリケードが構築されている。数々のガソリンの瓶、排気管の中にある石膏。

壁の裂け目が見えないように、金べらで平らにし、／側面を湾曲するようにした。われわれ二人が、東ベルリン人たちに戦車群がくると伝えよう！／だがすべての戦車群はガラクタだぞ。さあ、来なさい！

党書記長　［笑いながら］おまえさんと一緒に？

理容師　はい。そうしましょう。来て下さい、私たちと！

党書記長　［相変わらず笑いながら］吾輩は、おまえさんたちと一緒に参加している。

理容師　閣下と俺。みんなで一緒に！　来てください！

党書記長　おまえさんは、何を考えているのかな？　皆が、自由になれるのだ。……

理容師　菩提樹の並木道を下にさがって、マルクス・エンゲルス広場へと。……

党書記長　そこは昔、風が吹き抜け、輝く星空であったな。……

理容師　では、詩集を送った人物をつかまえて、閣下は詩を詠ずればよいのです。

党書記長　長い詩を詠じた人物は、一人で、逃亡した。……

理容師　われわれは放送局を占領して貴方は、すべての人民に説得すればよいのです。

党書記長　カオスつまり混乱、河川、流れに身をまかせる。……

理容師　さあ、前線にいって来なさい！

党書記長　もう今？
理容師　来なさい！
党書記長　そうするよ。
［理容師は、前線に行って、党書記長は、それに従い、労働者たち、フラヴスとエルウィンも、皆、仲間に入っている。ヴォルムニアは彼らの方へと向かって、来る］

【第八場】

ヴォルムニア　誰の葬式でしょうかしら？［エルウィンに向かって］誰を午後遅く埋葬したの？
エルウィン　俺は思うに、スターリンだと思うよ。彼は、七つの死闘を演じたのさ。
ヴォルムニア　八つ、と私は言いたいわ。［党書記長に向かって］あの人は、キリスト様と同じように、復活し、復活祭を祝ったのではないかしら。
理容師　もうよい、そんなことは聞くな！
ヴォルムニア　［ビラを示して］ここに、東ベルリン市、都市駐屯部隊司令官ディブロワによって署名されたものがあるわ。人民がすでに捨ててしまったら、何がどうやら、分からなくなってしまうでしょうこと。

塗装職人　［そのビラを読む］非常事態に背くものは、絞首刑に処するものであると書いてある。戦争非常事態法がしかれている。

ヴォルムニア　あんたさんたち、お願いするわ。事をあらだてないでほしいわ、そして人民が問うことに、その答えをよくよく熟慮してくださいな。

［党書記長は、理容師が抱えていた東ドイツ国旗を取り去った］

理容師　［党書記長に向かって］それは短い婚約でしたな。〔ユーモア：「東西国旗の融合」〕

［ヴォルムニアとエルウィンは、理容師と労働者たちを舞台から見送る］

ヴォルムニア　私たちは舞台の入り口から入って、人民は、連発銃の弾倉〔とラジオニュース番組局〕の中を通っていくのかしら。

［ヴォルムニアとエルウィン、そして、誰もが一つのグループとなって、いろいろな側から退場する］

エルウィン　いや、違う、グループではない、二人ずつだよ、せいぜい、三人ずつだね。

［すべての人たちは、退場するが、党書記長だけは残り、東西ドイツの国旗を抱えている］

【第九場】

党書記長　頭が混乱した子供たちは、鳩を崇拝する。／「来てくれ、聖なる精神、われわれのもとで休め！」

来てくれ、吾輩の鳩よ、来てくれ、理性。

来てくれ、聖なる精神、おまえさんは最初の無神論者だ、／階段の上り下りにおいて、ものおじするのではない、非常口を利用すればよい、／厳しい徴発は、辛抱できる。

吾輩は、知識人で、策略家で、クール、孤高を保つ、／そして、長い間〔大詩人シラーやヘルダーリンの〕詩になじんだ。

人民の反乱への試みには、吾輩は遅れていた――〔やけになって飲み干したスコットランド・ハイランド産のウィスキーの〕空っぽの瓶。／吾輩が、人民の意図を見抜くように、人民は、吾輩をじろじろ見るのだ。

望まれない幼児だったようで、／赤い布切れが押し込まれていたという。

誰に、その赤い布で服を仕立て、着せようとするべきか？　コリオラヌスにか？

ここにそれで仕立てた吾輩のズボンがあるよ。

吾輩は、足を踏みはずし、ある仕事の手伝いをしていたが、／自分の十本の指の／ためらいつつ爪に金色のマニキュアをした。――

ここに煉瓦職人が立っていた、生まれは、一九二二年である。／「彼は、そこに何かを書いた、それは、われわれのためか?」

そこには、社会民主党員という字があった。「今日は、／水曜日です、書記長殿。」

この吾輩は、何を言ったのだろうか?　それは吾輩にとって、当たってはいない。——

聖なる精神は呼吸し、精神に充ち溢れて、漂っていた。

吾輩は、それをすき間風だと思った、／そして、叫んだ、誰が邪魔をするのか?　と。

［書記長は、音声録音機のところにいく。目録カードをちらりと見て、録音機から聞けるように、逆にスウィッチ・オンとした］

［幕が降りる］

第四幕

【第一場】

［党書記長は、いまだもって、音声録音機を手にして座っている。録音機は、セットアップされている］

「誰かが、書記長にヴァイオリンを演奏している。書記長、おまえさんは、自分が何者であるかを知っているのか？　耳は、自身から離れたのだ。おまえさんは、とても卑劣な、策略家で、裏で策略し、計略を考え出す、大した卑劣者だ。おまえさんは、その人物だ、俺は言うのだから間違い無い。……」

［エルウィンは、後ろからゆっくりと来る。彼は、舞台の中央に立っている］

党書記長　［沈黙の後］そして、どうなるの？

エルウィン　誰もが、咳をしようとしないのだ。

党書記長　気分はどうかな？　悄然なる気分かな？

エルウィン　閣下が、質問したのですよ！　今日と比較しますと、「死者の日」のように、天気晴朗な日ですよ。

党書記長　人民を、すでに逮捕したのか？

エルウィン　経験から言いますと、リストを作成するには、幾らかの時間が必要です。

【第二場】

リットヘンナーとポドウラは、息せき切って外から来る。

ポドウラ　［挑発的に］資料、作成するための三つの資料を！　閣下は、本当に正しかったですね。貴方の理論は、勝ちました。われわれは政府の役人として働き、法を改正し、反乱の試みがあっても熟慮し、三回も逃亡させたのです。

リットヘンナー　党書記長殿、死人がでました。

ポドウラ　副次的な現象だと思われます！　付随して生ずるリストを検討して、整理しましょう。戦車を舞台上で、使うことが可能ですか？　どう思われます、書記長殿？

リットヘンナー　それは、ソヴィエト製の戦車でした。

ポドウラ　［シニカルで冷笑的な態度で］そうですよ、ソヴィエト製ですよ！　ここで考えてみましょう、ソヴィエト製の戦車の横断面図を検討すると——戦車はある場面のところに存在した可能性がありますね？

［彼は、椅子を脇に抱えながら、戦車に一つ、一つ、しるしをつけていく］

リットヘンナー　ポドウラよ、おまえさんは、われわれの労働者たちを追い散らしたでしょうな。

エルウィン　俺が思うには、われわれは、今日も、追い散らす準備ができていることを、労働者たちは、考慮すべきでしょうよ。

リットヘンナー　そういうように、政府内で議決されたのかな？

エルウィン　まだ会議を開いているようですな。

【第三場】

コクトール、ヴァッロ、ブレンヌス——もはや衣装をつけていない——外から登場する。

コクトール　書記長殿！　状況は、すべて変わってきましたね。そして、人民への、とりわけ労働者たちへの、情報取集を取りやめましたが。切れ長の目に金べらで塗りつけ、ギプスで固定した煉瓦職人たちを見ましたよ。

ブレンヌス　そして俺は、目撃者だから言うが、一人の男が書類入れ鞄を丸めて、その中に排気管を入れているのですよ。

ポドウラ　俺は言いたいんだが、この舞台上で一台の戦車を解体してみようではないか！［彼は、椅子のかたわらで、実際に実行しようとする］

ヴァッロ　鉄梃《かなてこ》とT型桁でもって、彼らは解体しようとした。

ブレンヌス　そして、誰かが、ナイフで刺されたかのように、まずは飛び上がって、あちらこちらにもうろうとして、猿のように叫び、大声で叫び続けた。注意せよ、同志たち、俺は、自爆するぞ！

ヴァッロ　彼は、行進の列に加わっていたが、平凡な田舎者であったな。

リットヘンナー　しかしながら、ソヴィエト上層部は、東ベルリンの人民が何故に、そしてどこに行進するのかを知らなかったのである。

ポドウラ　戦車部隊の司令官は、トワリにいる戦車の操縦者に、おまえは、アメリカ製の戦車を見たことがあるのか？　と問うた。

リットヘンナー　アメリカ製の戦車は、菩提樹の並木通りをカーヴしてアレックス街にいるぜ。

ポドウラ　戦車の操縦者から切れ長の目を通して、トワリにいる司令官へ。自転車に乗った、進歩的な労働者たちを見ている。また、われわれと同じようにアメリカ製の戦車を探している、と伝えた。

リットヘンナー　おまえと一緒に勇気を奮い起こそう。

ポドウラ　司令官よりトワルスキー通信兵へ。ディブロワ将軍に尋ねよ、東ベルリンの司令官よ、われはどこにいるのか、われわれは何をすればよいのか。

エルウィン　［叫んで］やめろ、といったら、やめろ！

ポドウラ　戦車内の無線通信兵は、司令官に、トワリにいる陸軍大将と連絡が取れません！　と言う。

エルウィン　［静かに］俺は言ったのだぞ。止めろ！［静かに］

俺は、われわれの失神した者たちを見たのだ――そして、戦車の群れを見た。

ブレンヌス　戦車群は気が狂ったように、カーヴしながらやって来ます。

リットヘンナー　俺は、一台の戦車を見た――そして、無線電信機通信兵も。

ポドウラ　両手で、俺も何かをしたいものだよ。

リットヘンナー　彼は、投石で戦ったのだぜ。多くは命中したようだ。

ポドウラ　投石は、うまく命中した。

［コサンケとヴォルムニアが来る］

【第四場】

コサンケ　いつもの通り勤勉かな？　世界を動かす新たな理論が発展したのかな？　書記長殿？　そんなに黙り込んで？　嘲笑の貯えは消費し尽くしてしまったのですかな？　そして、芸術家が多い、国民の状況は如何ですかな？　顔をメーキャップされたのに、不安の汗がにじんでいますが？――ここでは、おまえさんたちの協力で、気分が良くなった。こちらに来なさい、コサンケよ、来なさい！　われわれには、おまえさんの助言が、今まで欠けていたのだ。われわれは、何事においても一緒に考えるべきだな！――帝位は、現在、誰のものではない。――空席だ。

［コサンケは、書記長の執務椅子に座る。ヴォルムニアは、書記長に近づいて、エルウィンは従う］

ヴォルムニア　私が、指を汚したことで、閣下は、驚いておられるのでしょうか？

党書記長　おまえさんの犠牲的精神は、本音をはくものだな。

ヴォルムニア　貴方の劇場のことを考えなさったら、状況が変わるし、私たちの要求も変わるのですよ。

党書記長　政治を多元主義的にしようかな！　ところで、誰が、おまえさんに請願書を提出するよう、委託したのだろうか！

エルウィン　誰かが、この官庁で何かを持っているという、印象を与えることを、われわれは避けるべきではないでしょうか——それには、五分間の余裕があります——物価が不安定なのです。

コサンケ　連中は、心情を吐露したのではないかな？

ヴォルムニア　おまえさんは、コサンケを協力者としたらいいのではないかしら。あの人は、何か重要なことを書いていますわ。

党書記長　吾輩のところにあるリストには、限界があるのだぜ。

コサンケ　［その間に人民と助手たちをじろじろと見て検査し］俺は、おまえさんたちをよく知っている。そして、それぞれの目を書き留めた。その間に、不穏な人々の群れを陥れたのだ。そうだろう？——なあ、そうだろう？

党書記長　［状況を把握して、にこやかにコサンケのところに行く］吾輩は、おまえさんの話が、うまくいったことを聞いたぜ。

コサンケ　そうです、俺は話しました。

党書記長　そう、簡単にそううまくいったのか。吾輩には、できそうにないな。

コサンケ　誰にでしたっけ？　彼らは、声一つ立てなかったですよ。［人民と助手たちに向かって］

おまえさんたちは？　俺が戦車から降りた時に。

党書記長　しかし、マイクロフォンを持っていたのだろう？

コサンケ　いや、持っていませんでしたよ！　戦車から降りて来た時は、何も。

本当は、煉瓦職人ではないのかな！

ありがとう、を、人民に送りたい気持ちだ。／そして、社会主義的太陽によって、彼らが茶色に
日焼けするよう祈っている。

だが、西側の若僧たちと一緒に、／卑劣な行為をやったのではないか？

また、街頭で客引きをする男娼たちとともにスパイを配下としていたのではあるまいか？

ポドウラ　［真剣そうな顔つきで］それは、挑発者たち、ファシストたち、諜報員たちと一緒に、で
しょう。……

コサンケ　報復主義者たちと、反動主義者たちと一緒に、だね！

人民警察は、おまえさんたちを、そこに移動させたのだ。／そして自分では、何一つしなかった
のだよ。

そしてある日のこと、ビールを飲んでいる人たちの喧騒の中で、／大工と称するスパイに、人民

警察が追っていった。

だが実際には、大工の仕事は、死人のための棺を作ることであった。

また、手のひらを突っこんだジャケットから不潔な埃が飛び散ったが、／東ベルリン市中のそれらを清潔に保つのは、東ベルリンを占領しているソヴィエト人たちの仕事だ。

党書記長　［独り言］そうだな、死人が出たな、吾輩は、よーく知っている。

コサンケ　ですから私は言うのです、寛容が肝心であると。／友人たちと、争いごとはするな、と人民は、よく教育されているのだよ。

争いがあるのには、何かしら理由があるのだよ。だが、人民はこれまでは、理由がないのだが。そして今、夕方だが、／ききわけのよい子供たちは、／夜九時になる前にはベッドに行くようになった。

日が昇る朝には、大工たちは、足場を作り、／仕事して足場を上ることになるのだ。／そして煉瓦職人は、石材・砂を設置し、／コンクリートを型枠中に流し込んでいき、モルタルで細部を調整する。

こうして政府から規定されたノルマ・基準労働量を満たしていくのである。／そして借金を返済し、恥辱を忘れ去った。

［沈黙があたりを支配する］

党書記長　［拍手して］コサンケよ、おまえさんは、大胆になったというか、心が広くなったのう。その言の葉は、力強く、そして、キリストが生誕したように、おまえさんは、戦車から落雷の轟きとともに降りてきたのだな!?

コサンケ　閣下の拍手とは、閣下がご自分のお名前をこのリストに書き入れる、ということですな。では、私を加えて、社会主義統一党に属する人たちを数え上げましょうか？

党書記長　それらの偉大な名前は、なじみ深いものであり、吾輩も、しばしば新聞において目にするが、心服に値する人物たちであるな。

コサンケ　ですから、閣下の偉大なお名前をリストアップしたいのです。

［コサンケは、リストを書記長に手渡す。書記長は、それを手にするが、見ない。沈黙］

ヴォルムニア　［エルウィンの顔を見て、党書記長のところに行く］私たちには、新しい家が提供される予定ですの。この数か月は、回り舞台で働いていますわ。そして、エルウィンは、私的な争いごとを解決するのですわ。［党書記長は、これに対して、反応しない］私たちは、閣下が、反革命的な政治的策動から距離を置き、現今の政治にお祝い申し上げたいわ。そうなの、プーチンの大国主義者たちと挑発者たちに勝利した暁には、お祝い申し上げますわ——私は、何をしたらよいのかしら？

［党書記長は、リストをコサンケに返す］願わくは、私たちのことと、書記長の劇場のことを考えてくれますように。

党書記長　その粗暴な人の名前は？　その粗暴な人の名前は？　その衣裳の色は、望み通りに変えられるの？　カメレオンのような無節操な男、カメレオンだ！――このようにいろいろ変わることができる吾輩を、ヴォルムニアよ、おまえさんは信頼できるとお思いかね⁉　まずは、吾輩は、おまえさんたちに英雄を装わねばなるまいな。街頭で散歩することを、やめて、世間の人々には、吾輩をまさにあの『コリオレイナス』の配役だと思わせるのだ。そして今、かの人がアウフィディウスを抱擁したように、コサンケを抱擁すべきであろう、吾輩にすべき役割を与えてくれたのだから。それを演ずるのは、簡単さ――さあ、彼に署名させよう！［書記長は、コリオラヌスの人形を揺さぶる］そして、自身、心打たれる。

コサンケ　精神を大切にしてください、閣下。また署名をお願いします！

党書記長　吾輩が手袋を取れば、指が、ストライキをして硬直してしまうんだよ。

コサンケ　書記長、イニシャルで充分なのですよ――そんなに難しいことですか？

党書記長　［コサンケの言葉、一つひとつをかみしめながらコサンケの顔に見入りつつ］煉瓦職人たちが、勝利についてぺちゃくちゃしゃべっていたが、吾輩にとっては、彼らは馬鹿げたものだ。今やっと、彼らの敗北を確信した次第である。……

ヴォルムニア とまれ、その明晰な頭を！

コサンケ ［挑発的に］何からとまるのだ？

党書記長 ……われわれが、自身を変えない限り、例えば、われわれは、シェイクスピアの作品を変えることはできない。

リットヘンナー ということは、コリオラヌスの実話を、われわれが断念、あるいは放棄するという意味なのか？

党書記長 コリオラヌスがしたことをわれわれに、やれということだ。それも政府の上層部から。ところが、われわれは、難しい立場になっているのだ。固い土地に、裂目が増した。数時間前には、吾輩には、罵りの言葉が豊富にあったが、今では、彼が気がついたのには、吾輩の大きな頭が欠けていると言うのだ。――そして、われわれは、巨人コリオラヌスの借金を返済するのだ！ われわれ自身は、巨大だが、解体に値いするのだ。［人民に向かって］吾輩は、諸君に感謝申し上げよう。［人民は退場する。リットヘンナーとポドウラに向かって］公文書等は、記録保管所に収めなさい。人民の中にはルンペンがいるが、このようなものに備えて、兵器などを有事のために保管すべきではないかな。ローマの舞台・書割は、〔中心地に存在しているし〕兵器庫にも直結しているようだ――コサンケよ、この東ベルリンの舞台は、長くは、持つまい！

［党書記長は、執務机に行き、そこに座る。そして正しく眼鏡をかけ、筆記用紙を正しくずらして、書き始める］

【第五場】

ポドウラ　書記長は、問題を、際立たせたようだ。

コサンケ　問題を際立たせたというのか？　おまえさんたちには、分かっていると思うが、市中の店という店は閉まっているぜ。

ヴォルムニア　そうですわ、閉店していますね。コサンケさんは息を吸ったり吐いたり、深呼吸するのね、解決することですわ。

エルウィン　お願いですヴォルムニアさん、劇場において、お猿さんが人間に変身することは、どの人道主義者も認めておりますよ。コサンケさん、そうでしょう、おまえさんは、人道主義者ですな。

コサンケ　原則的には、俺は、劇場自体に反対はしていない、しかし。……

ポドウラ　［彼の言葉に聞き入って、弁証法的な鋭さでもって］「人民への劇場」ということは、「人民への物」であって、カント哲学の「物自体」ではないのだね。

リットヘンナー　〔彼を支持しながら〕ヘーゲル哲学を回想すれば、彼にとって、助けになりますよ。

エルウィン　というのは、哲学者ヘーゲルはすでに、コサンケが言う「物自体」を、真実ではない抽象概念である、と主張しているのだよ。

コサンケ　無意味で、くだらない！　俺は、劇場自体について話しているんだよ、しかし。……

エルウィン　親愛なる友よ、それは哲学者カントの用語について話しているんだな。……

コサンケ　カントは、もうやめようではないか。

エルウィン　……そして、劇場は、認識しえない、すなわち閉鎖すると、言明された。

ポドウラ　カントとコサンケについては、認識できないのですよ。

コサンケ　もう一度、同志たちよ。劇場それ自体について、俺は、話しているんだぜ、しかしながら。

……

ポドウラ　彼、コサンケさんは、弁証法的に、思考できないのだぜ。

コサンケ　この俺ができないとでも言うのか？　この俺が？

エルウィン　その通りだよ、コサンケさんは、「劇場それ自体」ではなくて、〔ソヴィエトの革命家〕レーニンと同じ考え方で、「人民への劇場」について話した、のだと思うよ。……

ポドウラ　どこの足の方、なのかな？

リットヘンナー　「人民への物」これは哲学者ヘーゲルの持論だが。

エルウィン　……そうであれば、コサンケさんが、市中の店という店を閉めた、というが、われわれとしては、まさに宝くじが当たったような気分だが。

ヴォルムニア　私が言いたいのは、下品で、通俗的なマルキストかしら。

コサンケ　俺が、おまえさんたちに教えてあげよう。俺が、すべてを用意したのだよ。

ヴォルムニア　私は分からないわ。できないわ。しかし、彼は、犬のように吠えていますわ。

コサンケ　俺は、どこからするべきか？　マニフェストか、カピタールか。そこから、三つの源泉と三つの構成要素が抽出される？　そこから、一つは、前の方へ、そして二つは元のところへ戻ることと帰っていくこと？　俺は、何をすべきか。反乱の試みの間に、それが何を意味するのか熟慮すること……あるいは良ければ、如何にして、反乱の試みを前進させるのか？　自問すべきか？　自問を？　俺は、あらゆること、人民のことを理解しているぜ。言い争われてきた難題点、プレヒャノヴが過去に存在したのか、あるいは、今いるのか。当時、すでに存在したものがあった。改良主義者たち、日和見主義者たち・オポチュニストたちと政治上の転向者たち！　一〇〇六年に、スウェーデン国、ストックホルム市での全国都市統合平和条約が締結されたことを、人は知らねばなない。俺には、弁証法的思考がないのかな？　笑わせるぜ、対立関係にある国々の統合か？　否定しかない。大麦の穀粒との事柄〔不足しつつある〕。ところで、注意せよ。資本主義社会への人民による反乱への試みが挫折してしまい、そして人民は路頭から消え去ってしまって、階級闘争などは無くなり、反乱への試みなどはやめして、自由を謳歌するようになった。事実・本当で非の打ちどころのない共産主義社会がようやく成立するのだよ。そして初めて、単純で、基本的に初めから終わりまで説教され、それも暴力的行為がなくて、強制されることがなく、また、従属関係がなく、そして、国家権力という特殊な強制装置、つまり、ラジオ報道による人民の洗脳であろう。また規則を守ることが肝要である。そうだ、そうだが！　暴力はだめ、強制もよくない、国家権力の強制装置を守らねばいけないぜ！——そして今、署名をして下され。そうしないと。……

［ヴォルムニアは、笑う、笑いをやめないが、リットヘンナーとポドウラも一緒に笑う。コサンケは、息抜きをして］俺はそれを見て、とても滑稽なものではないのだよ！　滑稽ではないよ！［ヴォルムニアに向かって］喉に何かがつまってしまい、死ぬかと思ったよ！　これがおまえさんたちに笑いを誘ったのである。この家の損失は、その苦痛に耐えることができるのだろうか。［リットヘンナーとポドウラに説明して］お二人は、建築現場の囲いをご存知かな？　というのは、リットヘンナーさんが、その建築現場の囲いの中で、客演するのですよ。［党書記長に向かって］閣

下にも、代役がいるんですよ。

［書記長は退場する］

エルウィン　［まじめな顔をして］〔哲学者ショーペンハウアーのように〕ブーメランを外へ投げ捨ててしまったことを、悩んでいるのだよ。もしも、哲学者ヘーゲルか、あるいは哲学者キルケゴールがここに来るとすれば、このヘーゲルや、キルケゴールがそのブーメランを捕まえることができるだろうか？

【第六場】

党書記長　コサンケだけが、話すことに困難な状況にあるんじゃないのだよ。

ヴォルムニア　書記長は、人民による反乱の試みに対して、追悼の辞〔「失敗」〕をお書きになるのですね？［エルウィンに向かって］前々から、私は思っていましたわ、書記長は、それを書くことに、習い覚えたにもかかわらず、それを忘れてしまったのかしら。ですが、その追悼の辞には、私たちは、驚かされたものですわ。［ヴォルムニアは、その追悼の辞が書かれた筆記用紙を書記長から手渡してもらう］

党書記長　それは、第四稿なのだよ。途中で、どう書くべきか、いろいろ悩んだのだ。

［ヴォルムニアとエルウィンは、そのテクストにざっと目を通す。それからエルウィンは、大声

で読み上げる」

エルウィン　中央委員会の書記長殿。……

ヴォルムニア　［エルウィンからそのテクストを手渡されて］底が柔らかで音を立てない靴のように書かれたのに、何故にそう大声で読み上げるのよ！　閣下は、テクストを三つの段落に短く捉えたのですね。初めの二つの段落においては、政府、すなわち共産党の政策をあまりにも性急であると批判するものである。そして第三の段落においては、閣下も含め、以前に、批判され、拘束された人たちの精神的な連帯の必要性を表現するものですね。では何故に、コサンケさんは、批判されないのでしょうか？　と言いますのは、批判的なものが多い段落は、政府・共産党筋から削除される場合があるからでしょうね。ただ精神的連帯については、吹聴するだけで、閣下の面目をつぶすそうだわ。

党書記長　オリジナルの原稿の下に、コピーがある。そのカーボン紙に祝福あれ！

エルウィン　それらのものは、記録保管所に山のように積まれているし、鍵をかけて保管されてもいるよ。また、公表されない遺品などは、落札させる。所有権者が存在すれば、遅かれしスターリン。

ヴォルムニア　書記長殿、貴方は伝説的人物となるわ。本来的には、書記長は、人民による反乱への試みには、反対であった。いやむしろ、賛成であった、本来は。貴方は、そのように言ったわ、しかしながら、心の内奥では――本来ならどこで？　任意に世間の人は閣下を占うであろう。ひどく皮肉な日和見主義者、通例の理想主義者、彼は劇場だけを考えていた。書記長は、人民のために考え、書いたのよ。何のために？　頭を明瞭にしたらどうかしら。そして、なくなってしまった段落を、今までことを参照しつつ書き直すのよ。

党書記長　誰もが、戸口調査を行おうとはしないのだ。

ヴォルムニア　貴方は、子供っぽいのね、書記長殿！　貴方は、計画を台無しにしたようだわ。

エルウィン　あのテクストは、短くしないでも、必要なところは、読むことはできる。書記長は、本当にあれを書いた人物ですか？　必要な部分だけを、丹念に書かれている。

党書記長　現実にそくして。反乱への試みに加わった人物たちを殺害した者たちの業績に対して、お祝いの言葉でも書け、とでも言うのか？　それとも、不充分な反乱への試みを企てを知らなくて、生き残った人たちに、お祝いの手紙でも書こうか？　そして、殺された人たちにも、追悼の辞が家族のもとに届くのか？――吾輩は、戸惑い、困惑するような言の葉が得意なのだよ。そして殺された者たちを、忘れないで、心に浮かべたい。煉瓦職人たち、鉄道員たち、溶接工たち、ケーブル設置工たちは生き残った。主婦たちも反乱の試みの前線に出たがったのである。人民警察たちさえも、制服である締め金つきの革帯を締めて、前線に出た。そして、管轄裁判所で、彼らは、白状し、政治闘争の陣営が、建て増しをした刑務所に収容されたのだ。――しかしながら、西側、西ベルリンにおいても、公式の真っ赤な嘘が広まった。偽善者の顔は、悲しみのしわを寄せたのだ。吾輩の性急な顔は、東ドイツの国旗がポールから落ちるのを見たのだ。吾輩が聞いたのだが、演説者と合唱団は何ものにも、とらわれない限り、自由という言の葉が創造される、と。滑稽な話があった年月はよろけるように過ぎ去った。十から十一回ほどギターをつまびいた後、吾輩はセダンスタークでの青春時代に、大酒を飲んで、酩酊し、十七歳の誕生日を、カレンダーに書き入れて、盛大にお祝いをしたものだ。西ベルリンでは、満ち足りた人民が緑の草原を行進しているのが吾輩には見える。残ったものは、〔皆がお祝いのため たらふく飲んだ〕空っぽのビール瓶、バターを塗って食べたパンの包み紙、ビールで酔いつぶれた人たち、死者たち、というのは、ノルマ・基準労働量を超えて働かされた犠牲者たちを含めて人民が祝日に、抗議の行進している最中、政府の官憲から、殺されたのだ――ここ、刑務所では、反乱の試みの分子たちが十一年から十二年間収容されたのだ。公訴は、結局のところ、取り上げられなかった。有罪を証明する資料が入った包みは、すでに検事に小包郵便で送付された。われわれの包みは、ここにある。

［書記長は、テクストのオリジナルとコピーとをリットヘンナーとポドウラに手渡す］そして、それを使いの者に頼んで、オリジナルなものは、共産党の中央委員会に、コピーは、西ベルリンの

友人たちのもとへ、確実に届けるようにしてくれたまえ。

ポドウラ　書記長、世間の人は嘲笑していますよ。われわれ二人で両肩でかついで行きましょう。

党書記長　［答えて］われわれ二人は、役に立つ者は使えばいいんではないか。

リットヘンナー　そして歴史は？

党書記長　彼らは、人民に判決をくだすであろう。

ポドウラ　われわれにも有罪の判決をくだすであろう。

党書記長　有罪判決を難しくするために、このオリジナルのテクストとそのコピーがあるのだ。それらがようやく、目的を果たす時がやってくるのだ。

リットヘンナー　今から、恥ずべきことはないということだろうね。

党書記長　前々から、吾輩は、恥じている。

［リットヘンナーとポドウラは退場する。エルウィンは、書記長の近くに執務机を持っていく］

【第七場】

エルウィン　閣下は、お座りになったら如何ですか。

党書記長　おまえさんの面倒見が良いのには、おそれいるよ。

ヴォルムニア　誰も面倒を見てくれないのでしょう？——貴方は、すぐに不眠症になってしまうわ。

エルウィン　何ですか？　旅行にでも出かけるのですか。いい気分のようですね！

党書記長　パッペルンあたりの、湖畔に面した家を賃借したよ。

ヴォルムニア　そのあたりでは、ご自分で食料品など買いものに出かけことができるわ。

党書記長　その家の窓から、若者たちが、愉しくボートを漕ぐ姿が見えるのだぜ。汗水たらして一生懸命に漕ぐ姿を。あるいは、ホラティウスの傑作の詩行を読んだりするのだよ。やむを得ない場合には、学ぶべき本があるさ。

ヴォルムニア　読む人は吐き気もするし、感動もする人もいるわね。

党書記長　さあな、そうだな、詩行というものは、悲惨な人ほど、不評を買うものになるのだな。

ヴォルムニア　貴方は、再び、お書きになるのかしら？

党書記長　吾輩の計画を明かしたら、おまえさんを驚かせるかね？

ヴォルムニア　そうね、真実は、貴方を雄弁にさせるのだわ。

党書記長　［立ち上がって、書類を整理する］以前のように書くさ。何でも気にかけないようにするさ。グラスの中では、卵とじのような味がする。その後、北方の白樺のようなかぐわしい香りがするカフェを飲む。その北方には、旅カバンを抱えて、旅行の準備がしてある。そこでは、昔の友人たちが存命であるから。最近、言の葉の語彙が貧しくなってきたのだ。とりわけ名詞が。

エルウィン　〔大詩人シラーやヘルダーリンの〕詩行を手もとに置くことも、賢いことではないでしょうか？

党書記長　それは、今日新しいことだな？

ヴォルムニア　田舎にでも出かけたら如何でしょうか。——ここにリストがありますわ。明日になったら、私たちはもういませんわ。［彼女は退場する］

エルウィン　週末にお邪魔したら、迷惑ですか？　そちらでの静寂は、二人にとりまして、何よりの御馳走でしょう。［彼は、ゆっくりとヴォルムニアの後を追う］

【第八場】

党書記長は、書類を鞄に入れ、帽子を被り、ゆっくりと音声録音機のところに行く。そこでしばらく立ち止まる。ヌル街の右手から照明係のコワルスキーが来る、帰宅するために服装を整えている。

コワルスキー　書記長殿？

党書記長　やあ、——コワルスキーよ、何ですかな？

コワルスキー　いやね、閣下が立ち去る前に、私の休暇を思い出したのですよ。

党書記長　休暇を取りなさい、コワルスキー。

コワルスキー　喜んで。ところで、新しい低圧の機器をコンセントにつなぎましたよ。

［彼は、舞台の上を左後ろへと退場する。鉄の門が城にある。――書記長は、音声録音機をじっと見る］

党書記長　その後は、漫然と日を過ごしているが、耳にはいろいろな声が聞こえる。おまえさん、おまえさん、吾輩は、おまえさんに言う、おまえさんに。おまえさんは、何者であるか、おまえさんは知っているのか？　おまえさんは、おまえさんは。……知らない者だ。おまえさんたち知らない人たちだ！　罪があることを確信して、おまえさんたちを起訴することに決めた。

［書記長は、ゆっくりと退場する］

［幕が降りる］

訳者あとがき

本書は、Günter Grass, *Die Plebejer proben den Aufstand: Ein deutsches Trauerspiel*, Herman Luchterhand Verlag, 1966 の全訳である。

ギュンター・グラスは、一九二七年、ドイツ、ダンツィッヒ自由市（現ポーランド領、バルチック海に面した港都市ダグダニスク）において生誕。父親はドイツ人の食料品店店主。母親は、西スラヴ系民族カシューヴ人。大哲学者イマヌエル・カント（一七二四―一八〇四年）は、そこから二〇〇キロメートルほど離れたかつての東プロイセンの首都ケーニヒスベルク（現ロシア領カリーニングラード）において生まれたことから、カントに特別な親愛感を抱いたようである。

周知のように、ギュンター・グラスは、小説家、劇作家、版画家、彫刻家で、代表作は『ブリキの太鼓』、『猫と鼠』、『犬の年』、『ひらめ』等々だが、一九九九年にノーベル文学賞受賞、後に政治活動に意欲的、活発で、ドイツ社会民主党、ベリン市長ヴィリー・ブラントなどを応援、本書もその表れと言える。二〇〇六年、「十七歳の時、ドレスデンで、ナチ党の武装親衛隊に入隊した」ことを告白。

過去を明らかにして、大きな波紋を呼んだ。

日本との関わりについて言えば、一九七八年三月に、ほとんど無名のまま、わずか二週間、来日、四国の春を楽しんだ。

また、長編小説『ひらめ』の印税で、尊敬する師の作家アルフレード・デーブリン（代表作に『ベルリン・アレクサンダー広場』）にちなんだ「デーブリン財団」を創設し、それは、若い作家の散文作品を対象に賞を与えるもので、個人の基金による文学賞は、ドイツでは稀であるという。二〇一四年小説の創作活動から引退。二〇一五年西ドイツ、リューベックにて死去。八十七歳であった。

さて、本書は、ギュンター・グラスの政治への大きな関心がきっかけとなって書かれた悲劇作品であるが、一九五三年六月十七日に、試みられたものの挫折した、実際にあった反乱の悲劇を基にしている。

第二次世界大戦後、鉄のカーテンが敷かれ、東西が分裂し、やがてベルリンに壁が築かれ、西ベルリンは東ドイツに囲まれ、陸の孤島のような状態であった。僕は、当時、産経スカラシップの第一期留学生に選ばれ、西ドイツの西南部にあるカールスルーエ工科大学に留学した。そこで恩師エゴン・アイアーマン教授に会え、温かな教えを受けたり、助手のブルンナー氏より、アイアーマンの設計の模型製作をしないかと、お誘いをされ、模型を他の友人とともに完成させ、アイアーマン教授から

「魔法のように（zauberhaft）素敵、素晴らしい！」と褒められたことを、今でも鮮明に覚えている。その頃、AstA（西ドイツの全国学生連合）の支援で陸の孤島の西ベルリンにバス旅行に行った。そして、そこからさらに東ベルリンに行くには、多くの武装した兵士たちが見守る中、チェックポイント・チャーリーという関門を抜けねばならない。緊張感が周囲に漂う中、僕はおずおずとパスポートを東ドイツのいかつい顔をした警官（あるいは、兵士？）に見せると、一時間内に帰ってこない場合には、逮捕すると脅されつつ、東ベルリンのペルガモン博物館を見学したり、古本屋で、十七世紀ドイツ・バロックの大建築家バルタザール・ノイマンの作品集を買ったりしたのがなつかしい。当時は、東西両陣営が非常に緊張していたのである。

本書には、シェイクスピアの劇作のように、ユーモア、冗談、機知に富んだ言葉が多いが、それは緊張感を和らげるためのもので、労働者たちの反乱への試みにおいて、死者が出たり、バリケードが設置されたり、反乱への行進の音が鳴り響いたり、本当は、大変な緊張感が周囲に漂っているのである。

労働者たちも、ほかの職人たちも昨今はあまり口にしなくなった「ストライキ」という言葉を聞くと、昨年、パリでのごみ収集作業員のストライキが記憶に新しいが、そのためごみの山があちこち街頭に散らばって悪臭を放ち、市民は市長にどうにかしてと、不満をぶちまけていた。そして昨年は八月三十一日に日本でも西武デパートで従業員による雇用維持を求めるストライキがあった。党書記長は、シェイクスピア悲劇『コリオレイナス』についての翻案を試みている。シェイクスピア劇では『ハムレット』や『オセロ』がロンドンのグローブ座で上演された。本戯曲では古代ローマと、東ベルリンが舞台となる。古代ローマの人民と東ベルリンの労働者たちによる反乱の試みである。

ここで簡単に本戯曲中にその名が登場する重要人物について簡単な説明をしよう。

プルタルコスは紀元後四六年頃―一二〇年頃の古代ローマのギリシア人の哲学者、叙述家。伝記・哲学・自然科学など広い分野にわたる著作活動を行った。著書に『英雄伝：上、中、下』『倫理論集』『七賢人の饗宴』等がある。そして、リヴィウスは紀元前五九―紀元後一七年の古代ローマの歴史家。著書に、ローマ建国からアウグストゥス帝の世界統一までの編年体の歴史記述『ローマ建国史』全百四十二巻（現存するのは、三十五巻）がある。

この二人と対比されるのがレーニンとマルクス。レーニンは一八七〇―一九二四年のロシアの革命家・政治家。学生時代からか革命運動に参加、流刑・亡命生活を経て、一九一七年、二月革命後、帰国。ボリシェビキを率いて十月革命を成功させ、史上初の社会主義政権を樹立。「革命は、芸術的に行わなければならない」と言った、また、人民委員会の議長として、ソヴィエト連邦の建設を指導し、また、マルクス主義を理論的発展させその後の、国際的革命運動に大きな影響を与えた。著書に『帝国主義論』、『国家と革命』などがある。そして、マルクスはドイツの経済学者・哲学者・革命家。科学的社会主義の創始者。ヘーゲル左派として出発し、エンゲルスとともにドイツ古典哲学を批判的に取り上げて、弁証法的、史的唯物論の理論に到達。これを基礎に、イギリス古典派経済学およびフランス社会主義の科学的・革命的伝統を継承して、科学的社会主義を完成した。また、共産主義者同盟に参加、後に、第一インターナショナルを創立した。著書に『哲学の貧困』、『共産党宣言』、『資本論』などがである。

プルタルコスとリヴィウスと、マルクスとレーニンとの対比。

他方、貴族のコリオラヌスは紀元前五世紀、ローマから追放され、だがローマにウォルスキー人を率いて取って返し、元老院に対し反乱を起こそうとした。これに準えられるのがローザ・ルクセンブルクである。ローザ・ルクセンブルクは一八七〇ー一九一九年のドイツの女性社会主義者・経済学者。ポーランド生まれ、ドイツ社会民主党左派、ポーランドの革命運動の指導者。第一次大戦中スパルタクスの反乱（紀元前七三ー七一年、奴隷剣闘士スパルタクスが指導者として、共和制末期に起こった多くの奴隷による反乱。だが、ローマ軍によって鎮圧され、柱に結びつけられ、全員処刑された）の例にならって、スパルタクス団を組織。ドイツ革命勃発後、ドイツ共産党を結成、リープクネヒトらと一月蜂起に参加し、政府軍によって、虐殺された。著書に『資本蓄積論』、『社会改良か、革命か』などがある。

党書記長は、同じ「反乱の試みの悲劇」として『コリオレイナス』を翻案した上で舞台で上演することに同意した。

劇中で労働者たちは、ノルマ・基準労働量の正常化の約束を果たすことを要求する。党書記長は、詩人でインテリで、ギュンター・グラス自身がモデルとなったようである。政治的な現実に関心を抱いたことが、本戯曲が書かれたきっかけであるが、僕も、労使闘争に無関係ではいられない。父親が戦時中、中島飛行機株式会社の技術者だったが、戦後、アメリカ合衆国の司令部GHQの命によって解体され、その子会社である鉄鋼企業の重役となったが、労働者たちによる賃上げ要求のストライキがあり、父親はその矢面に立たされて、毎夕「吊るし上げにあった」と嘆くこと。結局、会社は倒産し、母親は、貧乏となって、嘆き悲しんだ。その後、ある会社に就職することできて、家族一同安心したことを子供心に覚えており、「吊るし上げ」ということばに、本当に首が吊られたと思い、強烈な思い出となった。

本書の中で、「労働者が連帯、と叫んだが」とあるが、思い起こされるのが、オーウェンやサン・シモン、それにカベーやフーリエなどの十九世紀のいわゆる「空想的」社会主義者たちによる「共同社会」建設の試みである。それは再生産の場としての住環境だけでなく、生産領域や子供の教育から成人の再教育といったことまで取り込んだ、よりトータルな生活の場における共同化、それに住民たちによる自主運営、自主管理を進め、助け合い・連帯の絆を強める興味深い試みである。

それを社会全体の改革に向けて実践しようと意図したことから、それらの試みはとうてい不可能な夢のような話であって、だから「空想的」と断じられたのだが、そのまず一歩として、たとえ比較的小規模な人間集団にせよ、その小さな社会全体の共同化を通じて、助け合い・連帯を意図し、実践した事実は、集まって住むことの意味を通して、今日われわれの都市のありさまを問う上で見過ごし得ないのではないか。かつての日本では、大都市においても、特に下町では夕食の米や味噌やおかずを分け合うといった落語に出てくるような近所同士の助け合いがあった。借家住まいの人たちが、貧しいがゆえに、お互いの心が通じ合い、貧しい者たち同士の助け合い・連帯感が強かったと言えよう。このこともそうだし、戦争や災害時のような有事の際、人々が皆、心を一つにして社会的連帯を強めるように、人々に共通の問題持ち上がった場合に、人々の心を通じ合え、連帯を強めて事に当たると言えようが、ますます物質的に豊かになりつつあるわが国の現代社会においては、物質的豊かさの前に、人々の問題意識は、薄れるのであろうか？　いずれにせよ助け合い・社会的連帯あるいは公共性が歴史的に見て、退歩しつつあることが指摘されよう。

十九世紀の「空想的」社会主義者が実践したユートピア以降の都市計画は、政治と袂を分かち、社会全体に関わる問題の解決を意図するものでなくなり、単に社会のわずかな部分のみの——それも常に後手に回っての「対症療法的」な解決しかできなくなったことは指摘されるところだ。だからこそ社会の根底的な問題を形成する社会的・経済的枠組みの流動化・変革を意図して、これを制度化するといった社会の全体性を改革する視野が常に要求されるのである。社会的連帯の今日的あり方の検討ほど、今日求められているものはない。

ここで、現実のユートピア――アンドレ・ゴダン（一八一七―八八年）の「ファミリステール」について、十九世紀から二十世紀にかけてのスウェーデンの文豪アウグスト・ストリンドベリ（一八四九―一九一二年）の『新しき建設』と題する短編小説を通して紹介しよう。「空想的」社会主義者の一人であるゴダンが実現した「ファミリステール」に題材を取ったこの作品は、『人形の家』のイプセンらと同じく社会的問題に鋭く切り込んだストリンドベリが、この共同社会に出会った事情も興味深いが、それをいかに描いたかは興味をそそる。僕も、大学教員をやっていた頃、北フランスのサン・クアンタン市を経由し目的地の「ファミリステール」のあるギーズまでレンタカーを飛ばし、到着後、ゴダンの共同社会をつぶさに歩きまわって見学した。もっと詳細に調べるようにと、同行した僕の大学の研究室の修士課程のO君と、F君とに修士論文と課したことが思い出される。

まず、『新しき建設』における共同社会では、資本家と労働者という関係はなく、誰もが社長であり労働者であった。共同体内には、中心施設である鋳物工場（ゴダンが自ら開発した鋳鉄製ストーブで経済的成功を収めた）、二千人が共同生活を送る家族の家や子供の家があり、子供たちは皆、そこで世話され教育される。学校も、劇場、レストラン、カフェ、それにビリヤード場、図書館、浴場、家畜小屋も、野菜を栽培する庭もある。台所は、大きな共同の一つあるだけで、皆と一緒に食事したい人は食堂で食べればよいし、一人で食事をしたい人は、自分の部屋で食べればよい。台所仕事から解放された女性は、教養を身につけるためにゲーテや、シラーそれにヘルダーリンの深淵な詩行でも読む。

子供の家には一つの大部屋があるだけで、誰でもいつでも入ることができ、また見守られてもいる。夫婦は二人して講演に、あるいは観劇に、あるいはカフェに出かける。それで子供ことが気がかりになったら、子供の様子を電話で聞けばいい。僕と妻賢子とにもそうした経験があった。アフリカのケニアでカフェテリアの商売を営んでいた義兄が妻と私を呼び寄せてくれた際、当時僕が勤めていたスイス、ベルンのアトリエ5という設計事務所の同僚の奥さんが、四―五歳のわれらが双子を面倒を見てくれたのであった。その奥さんは、お礼として、今度は自分たちが旅行へ出かける際には、子供の世話をしてください、と言った。わが国では、めったにないことではないか？　ケニア旅行では、そこに生息している、ほとんどの動物が放し飼いにされている動物の王国に、義兄武惣一郎さんが自動車で案内してくれた。象さんが驚いて、義兄のポルシェを押しつぶしそうになったり、宿泊したコテージから、真下の大きな池に象やキリン、ライオン、しま馬などそれこそあらゆる動物が水を飲みに集まってくるのが見えるではないか！　美しく、素晴らしい光景であった。その奥さんのおかげで、いつまでも忘れられない経験をすることができた！

ところで、そこでは労働に対し給与が支払われない。その代わり、必要なものは何でも得られる。食事、礼服、娯楽、本、楽器など、好きなものが何でも無料で手に入れることができる。貨幣は誤った価値基準とされ、廃止された。また、疾病、災害、年金などの保険もあり、生活は保証されている。

生活共同体の財政を決める全体会議には、男も女も、下働きも主人もすべて出席した。下働きもここでの生活に共鳴して、自ら選んで生活を送っているのであり、この生活共同体の立派な一員なのである。また、厨房には、男たちが働く姿もあった、それに洗濯場にも、子供の家にも男たちが、働く姿があった。酒は、絶望した時に慰めとして、ある男・女には必要であったが、しかし、ここでは一般的にそんなものは必要としなくなった。

芸術もそこでは愛好された。もっともこれは余暇の愉しみ程度であったが。劇も時折り演じられたが、ここの生活共同体の一員が、ここでの生活から題材にして、書いたものだった。また食堂や、各住居の壁には絵が描かれ、さらに子供の家の壁には幼児のいたずら書き・幼児絵が描かれ、人々はそれを見て、愉しんだ。

教会はそこにはなかった。誰もが、自分の宗教を持ち、そして自分の部屋で祈った。ここでは一般的に見て、結婚生活は長続きした。争いの種が少ないからである。そして夫婦であっても、夫と妻はそれぞれ自分の個室を持っていた。妻はもはや夫に依存した存在ではなく、夫も妻を養うだけの存在ではなくなった。離婚する夫婦も少しはあったが、その原因は、どちらか一方の愛がなくなったり、あるいは人間的成長の差異によるものだった。そうした離婚の場合でも、だから簡単で、大きな問題を伴わなかった。つまり、夫婦としての生活をやめるだけで、子供は生活共同体が面倒を見るのであり、子供の運命に変化はなかった。相続問題についての争いもなかった。協同組合が唯一の相続の対象であったからである。

以上が『新しき建設』中に描かれている共同社会の一端である。そう、十九世紀の中頃、ユートピアの実現を志してアンドレ・ゴダンが実現した生活共同体「ファミリステール」なのだ。僕が見学した当時と、ほぼその通りである。

ゴダンは前述のように、オーウェンや、サン・シモン、それにカベー、フーリエらと連なる十九世紀のいわゆる「空想的」社会主義者の一人である。ゴダンは一八一七年北フランスの片田舎町ギーズに、錠前職人の子として生まれ、十一歳ですでに父親の工場で働き始めたという。二十二歳で自分の工場を始め、主として鋳物のストーブを製造し、このストーブがなかなか良質なもので評判を取り、工場は拡大していった。

ヴォルテールやルソーを愛読していたゴダンは、フーリエの思想を知り、これに大いに共鳴し、フーリエ派に加わる。ゴダンは、自分の工場において、このフーリエの理想であるファランステールの実現を試みた。これがギーズの生活共同体「ファミリステール」（フーリエのファランステールの名称にちなんで、自分の試みをそう名づけた）である。「資本と労働を結びつけ、協労させること、すなわち、労働者たちに利潤を分配することが、私に課した使命である」とゴダンが述べているように、協同組合の設立というかたちで、労働者たちに資本金、株を分け与え、利潤の分配をするとともに、経営にも参加させたのである。

だが『新しき建設』の記述には、フィクションとしての小説であるから許されるのであろうが、幾つかのフィクションすなわち、ゴダンのファミリステールの実態とは相違した部分がある。例えば、この鋳物工場はゴダンが父親から相続したものではないし、流通貨幣も撤廃することはなかった。

最後に、私の拙い翻訳を刊行するにあたって、一九六五年、カールスルーエ工科大学、アイアーマン教授のもとで学んでいたが、冬学期が終了したので、大学の冬の休暇中に、極寒のハンブルク市ダムトーア街の有名な設計事務所において、アルバイトで働いている時、親友となったシュトゥットガルト工科大学卒のインテリの建築家クルト・ツイマーマン君から別れの時、ドイツ語の原本をくださったことが思い出された。とても嬉しかった！　心からありがとう、ツイマーマン君!!

そして、翻訳する時、励ましてくれた妻千衣子、愛犬めぐに、ありがとう!?

また、出版界が不況の中、本書の出版をいやいや？　引き受けてくださった萌書房の編集長・白石様に、出版実現に至るまで、いろいろと面倒を見て下さったことに、ここでお礼の言葉を述べさせていただきたいと思います。

二〇二四年　前庭の櫻が咲く季節に。湯河原、吉浜の海岸にて

伊藤哲夫

■訳者略歴

伊藤哲夫（いとう　てつお）
1942年　山口県岩国市生まれ。
1967年　早稲田大学理工学部建築学科卒業。
1969年　同大学院理工学研究科建設工学専攻都市計画専修博士課程修了。
産経スカラシップ第一期生として西ドイツ・カールスルーエ工科大学に学び，スイスのアトリエ5をはじめドイツの建築設計事務所勤務。
1986年　国士舘大学工学部建築デザイン工学科教授，早稲田大学講師。ニュー・ヨーク，プラット大学客員講師。2011年退任。この間，ウィーン国立美術工芸大学客員教授。

主要著訳書

『アドルフ・ロース』（鹿島出版会，1980年）／『森と惰円』（井上書院，1992年）／『場と空間構成　環境デザイン論ノート』（大学教育出版，2004年）／『景観のなかの建築』（井上書院，2005年）／『ローマ皇帝　ハドリアヌスとの建築的対話』（井上書院，2011年）／『神聖ローマ皇帝　ルドルフ2世との対話』（井上書院，2016年）／『ウィーン世紀末の文化』（共著：東洋出版，1993年）／『ウィーン多民族文化のフーガ』（共著：大修館書店，2010年）／U.コンラーツ『都市空間と建築』（翻訳：鹿島出版会，1975年）／アドルフ・ロース『装飾と犯罪　建築・文化論集』（翻訳：中央公論美術出版，1987年）／F.レンツ＝ローマイス『都市は「ふるさと」か』（共訳：鹿島出版会，1978年）／M.パイントナー『オットー・ワーグナー』（共訳：鹿島出版会，1984年）／『哲学者の語る建築　ハイデガー，オルテガ，ペゲラー，アドルノ』（共編訳：中央公論美術出版，2008年）／アドルフ・ロース『装飾と犯罪』（翻訳：ちくま学芸文庫，2021年）

人民による反乱の試み――ドイツの悲劇

2024年6月20日　初版第1刷発行

訳　者　伊藤哲夫
発行者　白石徳浩
発行所　有限会社萌《きざす》書房
〒630-1242　奈良市大柳生町3619-1
TEL（0742）93-2234 / FAX 93-2235
［URL］http://www3.kcn.ne.jp/~kizasu-s
振替　00940-7-53629

印刷・製本　共同印刷工業㈱・新生製本㈱

© Tetsuo ITO, 2024　Printed in Japan

ISBN978-4-86065-168-8